あなたの花になりたい

高岡ミズミ

幻冬舎ルチル文庫

CONTENTS ✦目次✦

あなたの花になりたい

✦イラスト・紺野けい子

✦カバーデザイン=久保宏夏(omochi design)
✦ブックデザイン=まるか工房

もうひとつの花

「吹雪《ふぶき》ちゃ〜ん」

夕方の生ぬるい風とともに、開け放たれた窓から張りのある元気のいい声が入ってくる。変声期前の、少し耳に引っかかるような高音は印象的で透明感にあふれている。

その無邪気な笑顔も、見ているだけで自然に口許《くちもと》が綻《ほころ》ぶほど晴れやかだ。

「残念だったな。藤井《ふじい》先生はもう帰ったぞ」

「えーっ」

窓際に座る教師の答えを聞いてあからさまに肩を落としながら、それでも窓から身を乗り出し、ぐるりと視線を室内に巡らしたあと、少年はまだあどけなさの残る顔をこちらへと向けた。

なにが気に入らないのか、目が合った途端にぷっと唇を突き出す。が、すぐに視界からその姿が消えた。

いくらもせずにバタバタと聞こえてきた足音に、前島《まえじま》はやれやれとペンでこめかみを掻《か》いた。

「なんだ。吹雪ちゃんもう帰っちゃったんだ」

悪びれもせずに職員室へと足を踏み入れてきた彼は、まっすぐ前島のほうへと歩み寄る。すでに帰宅した隣の教師の席にちゃっかり座り、夏の日差しを浴びて浅黒く焼けた両腕を机の上へと投げ出した。

サッカー部に入部したらしいが、一年生はランニングと柔軟ばかりでつまらないと、先週何度も聞かされた愚痴だ。

「皆勤だな、金田《かねだ》」

目線はノートに落としたままでそう言えば、いいじゃんと尖《とが》った声が返った。ちらりと視線をやると、金田は想像どおりの表情をしていた。

少し拗《す》ねて睫毛《まつげ》を伏せる様子は、数カ月前、小学生だった頃となんら変わったところはない。

黒目がちな目に、くるくると変わる豊かな表情。

少年らしい、若葉のような青臭い香り。

それでも少しは馴染《なじ》んできたのか、借りもののようだった開襟《かいきん》シャツと長ズボンが思いのほか板についてきた。

いや、こっちが見慣れただけだろうか。慣れるほど見たという事実が、この場合問題のような気もしてくる。

金田は三月に卒業して以来、すでに四カ月も経《た》つというのに、学校帰りにはほとんど毎日小学校にやって来る。

普通なら、中学に馴染めないのだろうかと心配されてもおかしくない状況だが、金田だから誰もそれに関しては危惧《きぐ》していないようだ。

前島自身、ないだろうと思っている。

甘え上手と言えばいいのか。口では悪態をつきながらもどこか意地を張り切れない部分が見え隠れする素直さが、金田のいいところだ。きっとサッカー部でも先輩や顧問に可愛《かわい》がられているにちがいない。

金田は、隣で前島の作業を眺めている。手持ち無沙汰《ぶさた》な様子で時折前髪に息を吹きかけたり、唇を指で引っ張ったりする仕種《しぐさ》は子どもっぽく、小学生の頃のイメージそのままだ。

前島は、ぱたりとノートを閉じた。

「なに？　終わり？　帰んの？」

金田が覗《のぞ》き込んでくる。

「ああ。おまえに見張られてちゃ、気が散って仕事にならない」

実際、そのとおりだった。黒々とした瞳《ひとみ》でじっと見つめられていては、監視でもされているような心地になる。

「べつに見張ってなんかないけど」

帰り支度をする間も金田はそわそわと落ち着かず、前島が立ち上がるや否や自分も椅子から腰を上げた。

「俺も帰ろっかな。吹雪ちゃんいないし」

他の教師に「お先に」と挨拶《あいさつ》をしてから職員室を出る、前島の後ろを追いかけてくる金田が、車で送ってよとせがむのは今日に限ったことではなかった。

車で送るほどの距離じゃないだろう、とは最早前島も口にしない。過去に二、三度使った台詞《せりふ》だし、同じ学校の生徒なら問題もあるが、すでに卒業して四カ月もたった元生徒なのだから関係ない、という多少苦しい言い訳を前島は作ってしまった。

靴を履き、裏手の駐車場まで並んで歩く。

小柄な金田はほとんど小走りになり、なんとか先生がどうだの数学が難しいだの、口を閉じる間もなくいろいろと話しかけてくる。

駐車場につき、ドアを開けると早速助手席に身体《からだ》を滑らせた。前島も運転席におさまるとキーを差し込んだ。

「義父《とう》さんとはうまくやってるか」

エンジンをかけ、アクセルを踏むと同時に水を向ける。五分とかからずに着いてしまうので、遠慮している暇はない。

「たぶん。けど、呆《あき》れて見てらんないんだよね～。いい歳《とし》したおじさんとおばさんがイチャイチャしちゃってさ」

「まさかおまえ、いまでもクラスで『せっくす』を連呼してないだろうな」

軽い気持ちで揶揄《やゆ》した前島だったが、直後、思わぬ反応を目にすることになる。ぷうと頰《ほお》を膨らませた金田が、見る間にその頰を赤らめたのだ。

「……んなの、言うわけないだろっ」

不満げに抗議されて、前島は苦笑した。

「なるほど。少しは成長したってわけだ」

「うるさい！」

母親の再婚前、金田は運悪く母親と義父になる男との最中を目撃した。「せっくす」という単語に興味を持った金田が教室で連呼し、周囲を困らせた——あれは、金田が五年生のときだったろうか。

思えばそれまで元気のいい生徒くらいにしか金田のことを認識していなかった前島が、その出来事をきっかけになにかと関わるようになっていった。

金田も、最初の頃は母親や周囲に対する愚痴や文句が多かったのだが、前島の話にはちゃんと耳を貸すようになった。

金田の素直な面を前島は気に入っているし、可愛いとも思っている。

いつだったか他の先生に、金田はすっかり前島先生に懐いてますねと言われて、悪い気はしなかった。

近頃は愚痴が減っていき、代わりに自分のことを話しだした。最近の話題はもっぱらサッカーに関することが多い。

とはいっても、こうしてほぼ毎日車で送るはめになろうとは……当初は思いもしなかった。

もう何年も独り身で寂しい生活を過ごしてきているせいか、誰かを家まで送り届けること自体久しぶりだ。

色気のないことこのうえない。相手は元生徒で、しかも男ときている。

いや、色気がないからこうして元生徒をせっせと送る生活をしていると言ったほうがいいのか。

苦笑しつつ前島は、ダッシュボードを指差した。

「煙草が入ってる。出してくれ」

「あ、うん」

ダッシュボードを開いた金田が手を突っ込み、煙草を探し当てた。手渡されたそれを唇にのせてから速度を落とし、路肩に車を停めた。

「着いたぞ」

「……わかってるよ」

いつものように金田が降りてから火をつけるつもりなのだが、どうしたことか今日はなかなか動こうとしない。ライターを手にしたまま、前島は眉《まゆ》をひそめた。

なにかあったのだろうか。まさか金田に限ってと、楽観していたのはよくなかったか。

金田、と呼びかけようとして、煙草を銜《くわ》えたままだったことに気づき、指を口許へと持っていった。が、前島がそうするよりも早く、伸びてきた手が煙草を奪っていく。

視線がぶつかった。

「……おまえ」

その先は続けられない。

やわらかな感触が、前島の唇を塞《ふさ》いだ。

「………」

頬に、さらりと髪が触れる。目を見開いた前島の鼻に、金田の鼻先がぶつかった。

これはいったい――。

すぐに解放されたが、一瞬、自分に向けられるまなざしがひどく大人びて見え、前島には言うべき言葉が思い浮かばなかった。ただ呆然《ぼうぜん》と目の前の少年を熟視した。

けれど、それも長い時間ではない。

首筋まで赤く染まるのを認めたあたりで、金田は押しつけるように前島の唇に煙草を戻したかと思うと一言の挨拶も言い訳もなく車を飛び出し、家の中に入っていった。

「……なんだ、いまのは」

金田の姿が消えたあと、ようやく喉《のど》から声が滑り出る。改めて考えてみるまでもなく、いまのはキスなのだが、相手が相手だけに唇同士がぶつかっただけのアクシデントのような感じがしていた。

いや、むしろそっちのほうが可能性は高いのでは……それほどいまの出来事は、前島にと

って予期せぬ種類のものだった。

よれよれになってしまった煙草を、結局、火をつけないまま灰皿に押し込む。

頭をぼりぼりと掻くと、前島はアクセルを踏み車を発進させた。

日の暮れ始めた街に明かりが灯《とも》りだす。

帰路を走る前島の視界には夕闇《ゆうやみ》の風景が映っているのに、瞼《まぶた》の裏にはべつのものがちらついた。

金田のまだ幼さの残る顔や、細いうなじ。微《かす》かに潤んだ瞳。

いったいいまのは、どういうつもりだったのか。

「どういうつもりもなにも……ほんの軽い悪戯《いたずら》だろう」

独り言でオチをつけ、「問題児め」と笑い飛ばしてみたがたいして役には立たず、前島は肩で大きく息をついた。

忘れよう。そう自分に言いきかせると、たったいま起こったアクシデントを無理やり頭から追い出したのだ。

しかし、前島の問題はこれだけに留《とど》まらなかった。どちらかといえば、こっちのほうが大問題だった。

来るべきときが来たと言おうか、大きなお世話と言おうか。教頭は、二十八歳にもなって寂しい独身生活を送っている前島を思いやってくれたのだろうが、前島にとっては頭の痛いことには変わりなかった。

朝、学校に着くなり呼ばれ、首を傾《かし》げつつも促されるまま教頭のあとについて生徒指導室に入ると、満面の笑みで教頭が振り返った。

「前島先生、朝からすみませんね」

「いえ」

どんな用事だろう。もともと人当たりのいい教頭だが、それにしても上機嫌だ。

教頭につられ前島も笑顔を作る。おもむろに大きな封筒を差し出され、中身がなんであるか確認する前に反射的に受け取ってしまっていた。

「こういうことは、意外に順番が気になりますからね。まずは前島先生。でないと、藤井先生もいろいろ遠慮されると思うんですよ」

「……はあ」

わけもわからず頷《うなず》き、生徒指導室を出ていく教頭を見送ってから、ひとり取り残された室内で封筒の中身を覗き込んだ。

いったい教頭は、朝イチでなにをくれたのか。

「写真……？」

鈍いことに、ここまできてやっと気づく。この大きさの写真とくれば、しかもさっきの台詞をあわせてみても、これは「アレ」以外考えられない。

開かないうちに、再び封筒へと戻す。

「まずいぞ」

見合い写真だ。

こういうものを上司から勧められると、断るのに骨が折れる、と以前同じく教頭から写真を手渡された同僚が嘆いていたことを思い出す。

彼にはちゃんと彼女がいたので、それを理由にやんわり断れば教頭はすぐに話を引っ込め祝福してくれたらしく、悩むほどではなかったようだが――前島の場合はそう簡単にはいかない。

なにしろ相手がいない。それは周知のことだ。

会ってみるだけでもと勧められれば、厭《いや》だと断る理由が見つからない。最近彼女ができたと嘘《うそ》をつけばいいのかもしれないが……根掘り葉掘り詮索《せんさく》されればきっとすぐバレてしまうだろう。

さて、困った。

封筒を手に、生徒指導室を出る。職員室に戻ると、一番下の抽斗《ひきだし》にそれを突っ込んだ前島だったが――あろうことか、写真のことを以後すっかり忘れてしまったのだ。

思い出したのは、三日たった放課後だ。

「お見合いされるんですって？」

同僚の藤井がそう聞いてきた。

「見合い？　しないよ」

すっかり見合いの「み」の字も頭になかった前島は即答し、藤井に逆に首を傾げられ、やっと教頭に渡された写真を思い出すような始末だった。

「あー……やば。まだ見てない」

頭を掻くと、苦笑が返る。

説明せずとも状況がのみ込めたようだ。

「やっぱりそんなことでしたか。教頭は『前島先生からなにか先方のお嬢さんについて聞いてないですか』って息巻いてましたけど」

「藤井先生に確認したってことは、他の先生にも？」

「ええ、たぶん。前島先生とつき合いのある方には」

「うわ。勘弁してくれ」

思わず呻《うめ》いた前島に、藤井はまたくすりと笑った。

いい笑顔だ。

思えばこういう笑顔は、藤井がマレーシアに行く前まで見なかったような気がする。生徒たちの中で笑っていても、他人の中に深く踏み込み、関わっていくことを躊躇《ちゅうちょ》しているような一面が藤井にはあった。

もともと情の薄いタイプなのだろうと思っていたし、そういう摑《つか》みどころのない部分こそ前島を惹《ひ》きつけたのだが——どうやらそれは勘違いだったらしい。

在外教育施設派遣教員としてマレーシアに行くことが決まったあたりから変化を見せ始め、帰ってきたときの彼を見て驚いた。

まるで別人だった。

そのとき前島は気づいた。藤井は情が薄いのではなく、その反対、自分の欲深さを抑え込んでいたのだと。

初めから自分なんか手に負える相手ではなかった。

「藤井先生こそ、そんなに暢気《のんき》に構えていられるのもいまのうちだよ。俺のあとは、藤井先生狙《ねら》ってるから、教頭」

ちょっとした意地悪のつもりで揶揄すると、藤井は口許に浮かべていた笑みを引っ込め、代わりに双眸《そうぼう》を細めた。

これも初めて見る表情だ。

「俺は、駄目ですから……ぜんぜん」

想い人がいることには気づいているし、それがもうずっと長い間だというのもなんとなくわかっていた。

が、これほどまでに焦がれていた相手だったのかと、いまの言葉と、熱に浮かされたような表情で知る。藤井に想われている相手が羨《うらや》ましくもあり、ある意味、同情を禁じ得なかった。

こういう男に深く慕われてしまったら、逃れることはかなわないだろう。

「そうですか。じゃあ、ここらで俺が教頭に満足してもらって、今後の被害を少なくしてやろうかな」

冗談めかしてそう告げる。事実冗談だったが、直後、意外な名前を聞くことになった。

「本気ですか？　金田が泣きますよ」

「金田……？」

予想してなかった返答に、一瞬、困惑する。なぜいま金田の名前が出てくるのかと、前島は藤井の顔を窺《うかが》った。

「だって金田、まるで前島先生だけが恩師だと言わんばかりの懐きようじゃないですか」

藤井が肩をすくめる。

「またまた。吹雪ちゃんっていつもしつこいくらいに言ってるじゃないですか」

開口一番「吹雪ちゃん」なのは、みなが知っている事実だ。金田自身、「吹雪ちゃん」に会いにきていると言って憚《はばか》らない。

「そんなの、表面上だけですって。金田がいつも会いにきてる相手は、前島先生でしょう。ああ見えて案外照れ屋なんだと思いますよ、金田って」

「…………」

思いもよらない言葉に、ふと、先日の別れ際の出来事がよみがえる。無理やり頭から追い出した記憶が、はっきりとまた頭に思い描かれる。

あれ以後も金田はなんら変わりない。前島もこれまでと同様、五分ほどの距離をせっせと車で送る毎日だ。

「俺の名前を呼びながら、目の隅で前島先生のこと、ちゃんと見てるんですよね。俺なんか、当て馬みたいなものですよ。ちょっと寂しいです」

ふふふと笑われれば、ますます戸惑う。やわらかな唇の感触まで思い出して、前島は眉をひそめた。

「ほら、噂《うわさ》をすれば」

いつものように、「吹雪ちゃ～ん」という声が耳に届く。

前島が振り返ると、正面から目が合った。

とたんに金田は、拗ねたように唇を少しだけ尖らせる。見慣れた癖だが、言われてみれば確かに照れているようにも見えなくはない。

「あ。吹雪ちゃん、いたいた」

すぐに視線を外した金田の姿が消え、やがて廊下から元気のいい足音が聞こえてくる。がらっと勢いよく戸を開ける金田には、卒業生とはいえいまは在籍していない学校の、しかも職員室に入ってくるという躊躇も遠慮もまったくない。

みなの前で今日も子どもっぽい元気のいい笑顔を見せる。

その表情を前に、前島はすっかりわからなくなってしまっていた。

小柄で幼い、金田。

あの日、前島を見つめ、キスしてみせた金田。

どちらが本当の金田なのか。

「残念でした。俺はいまから帰るところです」

藤井が鞄《かばん》を手にした。

「えー。せっかく吹雪ちゃんの顔見に来たのに」

「せっかくだけど、急いでるからね。明日な」

手を振って帰っていく藤井を見送った金田は、いつものように前島の隣に陣取ると、椅子を前後に揺らし始めた。

「ねえ、仕事もう終わったんだ?」

いまは――子どもの顔だ。事実、十二歳の少年なのだが、金田の場合は五年生の中にいても違和感はない。

「……いや。これからだ」

――金田が泣きますよ。

うっかり、よけいなことを思い出してしまった前島は、自分が信じられなくて顔をしかめた。

――金田がいつも会いに来てる相手は、前島先生でしょう。

いったい、なにを考えているのか。あの程度のキスなら甥《おい》っ子にもされたし、大人である自分が引っかかるなんてどうかしている。

「長くかかるんだ？　それ」

金田は、前島の机を覗き込んでくる。

「ああ、いつになるかわからないな」

だから帰れと言外に告げた。が、金田は察することなく、椅子を揺らしながら「ふうん」と唇を尖らせた。

やわらかそうな唇だ。

実際にやわらかかった。

やわらかくて、熱くて――。

「……冗談じゃないぞ」

前島はかぶりを振った。

ようするに、普段とはちがう一面を見せられて驚いたせいだろう。断じておかしな趣味はないと、心中で笑い飛ばす。

「金田」

言葉でも帰れと促すつもりで名前を口にした、その直後、語尾に重なるように前島の名を呼ぶ声があった。

教頭だ。教頭は期待のこもったまなざしを前島に向けながら、こちらへと歩み寄ってくる。

「例の写真、見てくれましたかね」

にこにこと問われ、咄嗟《とっさ》に視線を抽斗と金田の間で往復させてしまった。

金田が眉を寄せ、抽斗へと目を落とす。

「あ……っと、その件はまだ」

金田に知られたからといって特に困るような話ではないものの、藤井に言われた「泣く」という単語が脳裏をよぎって口ごもる。

「ご覧になってない？　一度も？」

「すみません。忙しかったもので」

曖昧《あいまい》な言い訳でこの場を逃れようとした前島だったが、そううまくはいかなかった。いきなり金田が子どもっぽい屈託のなさで割って入る。

「なんの話？　写真ってなに？　ねえ、教頭先生。教えてよ〜」

甘えた声で問われて、どうしようかなと口では言いつつ教頭は相好を崩した。

「言いふらしちゃ駄目だよ。じつは前島先生にお見合いの話があってね。私としては、これ以上の良縁はないと強く勧めているところなんだよ」

金田の頬が強張《こわば》った。

「前島に……お見合い？」

明らかに顔色を変えた金田に、前島は慌てて教頭を制する。

「ちょ……っ、待ってください。まだお見合いするとは言ってませんよ」

しかし、金田の耳には入っていないらしく床に目を落とした。

「……そうなんだ。前島、結婚しちゃうんだ」

前島を見ている教頭は、金田の変化に気づかない。無理もなかった。一教師の見合い話を元生徒が真剣に捉《とら》えるなんて誰も思わないだろう。

前島自身、金田が泣くと言われたときにはまさかと否定したくらいだ。

「私としてはぜひそうなってほしいと思ってますよ。ああ、でも、本当にまだ誰にも内緒ですからね」

教頭がそう続けると、現実に金田は表情を固まらせる。

「俺……帰る」

ぽつりとこぼされた一言にはなんと声をかけていいかわからず、結局、前島は黙って小さな後ろ姿を見送った。

気をつけてと教頭や他の教師に声をかけられても、今日の金田は返事をせずに職員室をあとにしたのだ。

「………」

きっと金田は家に着くまでずっと視線を落とし、歯を食い縛っているだろう。家に着いてからも部屋の中でひとり、不似合いな表情をし続けるにちがいない。

その場面を想像すると、なんで俺が気にしなきゃいけないと打ち消す反面、言いようのない焦燥に駆られた。

仕事に戻り、しばらく耐えていたものの五分が限度だった。前島は車のキーを摑むと職員室を飛び出した。あまりに頼りなく見えた背中を無視するのは難しかった。

裏門を出たところで、頼りない背中を見つける。

「金田」

声をかけると、金田はびくりと身をすくませたあと、足を止めた。

振り向いてはくれない。

「送っていこうか」

言い訳の代わりにそう持ちかけてみたが、かぶりを振って拒絶される。断られると、それ以上なんと言えばいいのかわからない。

「前島」

金田から口を開いた。聞き取りづらいほど小さな声で、金田は背中を向けたまま前島に問うてきた。

「お見合い、するんだ？」

「それは――」

する気がないのだから、しないと答えればすむことだ。一方で、見合いをしようがすまいが金田には関係ないはずだと前島は考える。それが、前島の口を重くさせるのだ。

「いま思案中だ」

結局また曖昧な答えを返すと、小さな肩が震えた。かと思えば、勢いよく振り返った。

「……ス……したのにっ」

「え」

「前島……っ、俺とキス、したのに……っ」

驚いた。

金田がキスのことを持ち出したからではなく、天真爛漫《てんしんらんまん》で悩みなどないと信じていた金田がいまにも泣きだしそうな顔をしている事実に、だ。

見る間に涙は睫毛を濡《ぬ》らし、一度瞬《まばた》きをすれば頬にこぼれ落ちてしまうだろう。

「か……金田」

うろたえ、咄嗟に手を頬へと伸ばしたものの、あえなく振り払われる。それにも狼狽《うろた》え、前島はみっともなく手を空で彷徨《さまよ》わせた。

「おまえなんか……嫌いだ……っ」

金田は捨て台詞を残し、駆け出す。

前島はその場に立ち尽くしたまま一歩も動けなかった。金田の去ったほうを眺めながら、たったいま起こったことを頭の中で反芻《はんすう》する。

いまにも泣きださんばかりの顔で嫌いだと言われてしまった。いつもとちがう金田に、自分はあまりに無力だった。

金田の顔が瞼の裏にこびりつき、耳の中では「嫌いだ」という台詞が何度もリフレインする。

——俺とキス、したのに……っ。

確かにそうだ。金田の言うとおりキスはした。

「けど、キスしてきたのは、おまえのほうじゃないか」

この場にいなくなった相手に向かってこぼし、そんな自分が情けなくなって頭をがしがしと掻き毟《むし》る。

どうすればいいのか、さっぱりわからなかった。

いや、フォローする必要はないだろう。このまま放っておけば、金田は寄り道をしなくなるだけだし、中学生活に慣れればいつしか小学校のことも前島のこともどうでもよくなるにちがいない。

それでいい。そのほうが金田のためだ。そう思いつつ前島は金田の走っていった方角をじっと見つめる。

――金田が泣きますよ。

ふたたび藤井の台詞が頭をよぎった。

本当に金田は泣きそうだった。金田のあんな顔は初めてだ。

もしかしていま、前島の文句を言いながら泣いているのだろうか。子どもの顔にほんの少し大人びた表情を滲《にじ》ませて、流れる涙を拭《ぬぐ》いもせずに背中を丸めて歩いているだろうか。

「……くそっ」

一歩足を踏み出した前島が向かったのは、自分でも信じがたいが、職員室ではなく駐車場だった。車に乗り込むと、すぐに学校を出る。

まもなく小柄な後ろ姿を見つけた。

時折頬を拭いながらとぼとぼと歩道を歩く金田の横に車を寄せていき、停める。

前島に気づいた金田は潤んだ目を大きく見開いたかと思えば、いきなり走り出した。逃げられるだろうことは予測していたので即座に車を降り、追いかける。

「待て」

振り払われるのを覚悟で後ろから腕を摑む。今度は振り払われなかった。

「やっぱり、送っていくから乗れ」

強張る身体を半ば強引に助手席に押し込むと、運転席に回ってすぐにアクセルを踏む。発進してからも一言も喋《しゃべ》らず、頑《かたく》なに顔を窓の外へと向けている金田を横目に、どうしたものかと前島は何度か唇の内側を嚙《か》んだ。

勢いで追ってきたとはいえ、なにを言えばいいのか。じつは見合いをする気がない——などといちいち言い訳するのも変だろう。

思案するうちにも金田の家が見えてくる。こういうとき家が近いのは不便だ。

舌打ちした前島は、渋々スピードを上げて家を通り過ぎた。

不審に思ったらしい金田がやっと肩越しに前島を見る。左頰に金田の視線を感じながらハンドルを握り直した前島は、半ば自棄《やけ》になって口を開いた。

「見合いは……とりあえずしない」

変でもなんでも、金田の機嫌を直すにはこの答えがなにより手っ取り早いのは事実だ。思ったとおり、身体ごと向き直った金田の濡れた瞳がしっかりと前島に向けられた。

「……ほんと?」

どうやら機嫌が直ったようだ。反して、前島の胸中にはなんとも言えないわだかまりが広がる。

「本当だ」

金田が何度か睫毛を瞬《しばた》かせたので、涙の雫《しずく》がほろりと頬へ落ちた。

ちょうどその瞬間を見てしまった前島は、咄嗟に抱き寄せたい衝動に駆られ、おいおいと脳内で打ち消すはめになる。

だが、わだかまりの正体に気づいてしまった。これはわだかまりではなく、感情だ。前島自身、金田を可愛いと思っているからいらぬ誤解で機嫌を損ねたくないのだ。

「前島――」

濡れた頬はそのままで、金田が吐息とともに前島の名前を呼んできた。その瞬間、はっきりと前島は、これはまずいことになったと自覚した。いまは可愛いと思う程度でも、この先も同じだとは限らない。なぜなら金田の声音がひどく大人びて耳に届いたからだ。

「俺とキスしたから、お見合いしないんだ?」

「…………」

曇りのない目で確認されて、いったん唇に歯を立てる。

返答は決まっていた。前島が追ってきたわけは、また金田を拗ねさせないのが目的だ。それなら、目的を果たさなければならない。あとのことは、あとで考えればいい。

「ああ、そうだ。おまえとキスしたから見合いはしない」

不承不承、金田が望んでいるだろう返答をした。

「ほんと?」

「誰がこんな嘘、好き好んでつくか」

吐き捨てるようにこぼすと、いま泣いたカラスがなんとやらで金田の顔がぱっと輝く。ガキは単純で助かる。

とはいえ、前島も意外に単純だったらしい。わだかまりはまだ消えてくれないが、金田の笑顔を目にして重い気分は晴れていく。

「だったら、またキスしよ」

「……は?」

だが、これは予想外だった。運転する腕に両腕を絡められて、思わず息を呑《の》む。

「あ、動揺した?」

金田が悪戯っぽい笑い方をする。前島にしてみれば、笑い事ではないというのに。

「おまえ……俺を犯罪者にしたいのか」

横目で睨《にら》むと、子どもとも大人とも判別できない、不確かで曖昧な表情をその小さな顔に浮かべて金田は上目を投げかけてきた。

「大丈夫。俺、急いで大人になるから」

いったい何年先の話なのかと笑い飛ばせない。十二歳の金田が大人になるまでどれほどかかるか、気の遠くなるような話だが、もう前島には反論する余力がなかった。

「それまで待っててね」

無邪気に念押しされて、ため息がこぼれた。

「あー……はいはい。精々頑張ってくれ。気長に待ってるよ」

まばゆいばかりの笑みを前にして敗北感に打ちのめされつつ、金田の髪をくしゃりと撫《な》でる。いまはそれが、一番いいことのような気がしたのだ。

あなたの花になりたい

大人の事情

助手席の携帯が鳴る。毎日ほぼ同じ時間にかかってくるので、ナンバーを確認する必要もない。

路肩に車を寄せ、ダッシュボードの上から携帯電話を拾い上げて出てみれば、いつものごとく元気で生意気な声が返ってきた。

『前島《まえじま》？　俺。いま終わった』

変声期を終えた声音《こわね》は、そのへんにごろごろしている十六歳のガキどもとなんら変わるところはない。しかし、慣れ親しんだ呼び方には微妙に甘えも含まれていて、この声を聞くと前島はなんとも形容しがたい気分になる。

「ちょうどよかった。もうすぐそっちに着く頃だ」

『ほんと？　じゃあ待ってるから』

電話を切って、アクセルを踏む。なにをやってるんだろうと、自問自答しながら。

中学三年間と、高校に上がってからすでに一年以上。

なんとなくというにはあまりに長い期間、前島は元教え子の足代わりをしている。昔の言い方をすれば、「アッシー」だ。つまり、部活が終わった頃を見計らって迎えに行き、せっせと家まで送り届けているというわけだ。

昔はあっという間だった距離も、学校が遠くなったいまでは片道二十分ほどかかる。

長くなってよかったのか悪かったのか、いまだ答えを出せずにいた。努めて考えないようにしているので、答えなんて出せるはずがない。

ため息をつき、吸いさしを灰皿で捻《ひね》り消しつつウインカーを出した。

ハンドルを切り、コンビニの駐車場へと入っていく。

雑誌を立ち読みしていた高校生が顔を上げ、前島の車を認めると即座に本を置いて外へと駆け出してきた。そのまままっすぐ走り寄り、慣れた様子で助手席のドアを開ける。

「あー、疲れた～」

開口一番の台詞《せりふ》とは裏腹で、たったいまコンビニで買ったばかりのペットボトルのキャップを開ける姿は元気いっぱい。精気に満ちあふれている。

金田《かねだ》が入ってきたことによって、車内には若々しく青臭い匂いが漂った。

金田の学生服姿で、そういえば今日から十月だったかと気づく。高校に入ってからの運転手役も、ちょうど一年半になってしまったようだ。

「前島も飲む？」

屈託なく飲みかけを差し出され、心中でガキと呟《つぶや》き、いらねえよと答えた。

「金田、シートベルト」

「あ。やば」

シートベルトを着けるのを確認して車を発進させた前島は、駐車場を出ると来た道を戻り始めた。

八時過ぎ。あたりはすっかり夜の気配に包まれている。

これから二十分間、ふたりきりのドライブだ。

「なんか今年の一年ってやる気ないんだよな。ダラダラしちゃってさあ。俺らが一年のときって、先輩命令は絶対だったのに、ぜんぜん言うこと聞かないし」

サッカー部に在籍している金田の部活報告を聞くのも、もう何度目か。金田なりに個人的な悪口にならないよう気を遣っているらしい愚痴に、前島も適当に合わせる。

「まあ、世の中には教師の言うことをぜんぜん聞かない生徒もいるわけだし」

「なにそれ。もしかして俺のこと?」

「なんだ、自覚があるのか」

唇が尖《とが》る。

この癖は小学生のときから変わらない。

高校生にもなって子どもっぽい仕種《しぐさ》に苦笑しながら、前島はウインドーを下ろした。

「でも、ひとりさ、結構うまい奴が入ってきたんだよ」

それを合図に、金田は口を動かす傍ら条件反射のごとくダッシュボードを開ける。煙草を取り出す手もさまになってきた。もちろん、自分で吸うためではない。

一本抜き取ると前島へと手渡し、ついでにライターまで向けてくれる。この一年半ほぼ毎日くり返してきた連携プレーに、もたつきなどわずかもなかった。

「即レギュラー入りか」

煙を、外に向かって吐き出しながら問う。

金田が隣に乗っているときは吸わないようにしていたが、高校に上がったときにあきらめた。煙草でも吸わないことには落ち着かない場面が何度かあって、やせ我慢するのを放棄したのだ。

危ういといえばこれほど危うい関係はない。なにもないふりをしてまでこのまま続ける理由があるのだろうかとたまに疑念が頭をもたげるのも事実だ。しかし、答えを出さないのだから、無意味な疑念だと自分自身が一番わかっていた。

「たぶんね。うちのチーム、フォワードが弱かったからあいつがレギュラーになったらかなりいいとこまでいけるかも」

「そりゃよかったな」

頷《うなず》いた金田が、今度は意味深長な様子で黙り込んだ。

横目で窺《うかが》えば、やけに勿体《もったい》ぶってから小振りな唇が開かれた。

「俺も、今回レギュラーに入った」

照れくさそうに鼻の頭を掻《か》く。

中学のときからサッカーを一生懸命やってきた金田を知っているので、レギュラー入りとなれば前島にも嬉しい報告だ。

「やったじゃないか。故障明けにレギュラー入りなんて、立派なもんだ」

金田は、試合中に右足首を捻挫《ねんざ》し、完治に二カ月ほど要したために復帰したのはごく最近だった。ライバルが多いらしいので三年が引退した直後のレギュラー入りは難しいかもしれないと、これでも心配していたのだ。

「――ほんとにそう思う？」

「ああ、思う思う。おまえ、ボール蹴《け》れないときも筋トレとか頑張ってたもんなあ」

ハンドルから離した左手で頭を撫《な》でてやると、口では「なんだよ」と言いつつも照れくさそうな表情になる。

前島はさらにくしゃくしゃと髪を掻き混ぜてから、頑張れよと肩を叩いた。

もうすぐ金田の家に着く。話が弾んだときは、案外あっという間だ。

最後の角を曲がり、いつもどおり少し手前で車を停めた。

「あ……あのさ」

車を降りるのを渋り、金田が大腿《だいたい》の上で何度か手を組み替える。何日かに一度こういう様子を見せるのだが、そんなとき、決まって同じ言葉を口にする。

前島には、じつに困った言葉を、だ。

「……キスして、いい？」

金田が中学一年のときに不意打ちでキスをされて以来、もう何度キスしてきたか。もちろん馬鹿なことを言うなと冗談であしらおうとした前島だったが、そのたびに金田にねだるような上目で見つめられてしまい、結局、折れるはめになっている。子ども騙《だま》しのキスくらいいいかと――本当はいいわけがないと承知で、曖昧《あいまい》な気持ちで応じてきたのだ。

「………………」

だが、それはやはり間違いだった。前島の脳裏に、一昨日《おととい》送っていった際のキスが掠《かす》めた。これまでどおり、唇をちょっと合わせただけで終わるはずだった。が、金田が息を継ぎ、微《かす》かに唇を解《ほど》いたためにうっかり舌を滑り込ませてしまった。

すぐに己のしでかしたことに気づき慌てて身を退いたものの、なかったことにしてくれと言うのはあまりに都合がよすぎるだろう。

どれほど自己嫌悪に陥ったかわからない。責められても一言の申し開きもできなかった。なにしろ前島自身はっきりと憶《おぼ》えている。

やわらかい唇はひどく甘い味がした。

「……いや」

煙草の煙を肺いっぱいに吸い込み、呼気と一緒に吐き出す。

冷静になれと自身に言い聞かせながら、無理やり助手席から視線を剝《は》がしてできる限り素っ気なく返した。

「今日はやめとく」

「え……」

金田が顔を上げ、前島を見つめてきた。拒絶されたことに驚いているようだが、やはり覆す気にはなれなかった。

そればかりか、これまで軽くとはいえキスしてきた事実自体を悔やみ、舌打ちをする。どうかしていたとしか思えない。

「厭《いや》……なんだ？」

問うてくる金田の声が上擦った。

「それって……今日だけ？　それともずっと？」

「…………」

案外聡《さと》いところのある金田に痛いところを突かれ、答え淀《よど》む。おそらく金田は言葉以上に前島の拒絶を感じ取っているのだ。

適当に取り繕おうとしても無駄だ。金田は前島のずるさを瞬時に察するだろう。それに、なにをどう言おうと何度もキスしたのだから苦しい言い逃れにしかならないと、自分でよくわかっていた。

「前島……俺のこと、嫌いになった？」

不安を映して、金田の瞳《ひとみ》が揺れる。

「……いや、そういうわけじゃなくて」

思いもよらなかった問いかけに、前島は金田を正面から見た。

暗い車内で視線が絡み合う。金田の顔は、前島のよく知る子どものものではなかった。初めて目にする表情に、いまさらながらに金田がもう高校生になっているのだと意識する。

いや、よくわかっていたからこそ意識しないように努力していたのだ。

「そんなに、俺とキスしたいか」

なにを口走っているのだろう。どうかしてしまったとしか思えない。やめておけと頭の隅では警鐘が鳴っているというのに、衝動を止められない。

瞳を左右に揺らした金田が、微かに顎《あご》を引いた。それを確認した前島は煙草を灰皿に放り込むと、細い背中に手を回して引き寄せた。

顔を近づけ、唇を寄せる。そのまま塞《ふさ》ぐと昂揚《こうよう》に任せて舌先を滑り込ませ、内側をゆっくりと舐《ねぶ》った。

「……ふ……ぅん」

酸素を求めて開いた口へさらに舌を捻《ね》じ込み、熱く心地よい場所を探る。

知らずしらず手は背中をまさぐっていた。

「……ん」

自覚している以上に昂奮しているらしい。金田の吐息と、時折洩《も》れる喘《あえ》ぎ声に煽《あお》られ、奪うように貪《むさぼ》った。

「ま……えじま」

熱に浮かされたようなか細い声が、合間に前島を呼んできた。それにも煽られ、なおも口づけを深くしようとした前島だったが、直後、抗《あらが》うように身動《みじろ》ぎした金田にはっとする。

我に返ると、細い身体《からだ》を勢いよく放した。

「……悪い」

肩で大きく息をつく。

――やってしまった。しかも今回は自分で思う以上に本気になっていたらしく、身体の奥に火がつきかけている。

「洒落《しゃれ》になんねえな」

笑い飛ばすつもりだったが、失敗した。それを隠すために金田から顔ごとそらし、口中でくそっと悪態をつく。

こんな真似をするつもりはなかった。こうなるのを恐れて拒絶したはずだったというのに。

「どうして、謝るんだよ」

前島の心情を知ってか知らずか、金田が尖った声で反論してくる。

金田を見ることもできず、前島はことさら軽い仕種で肩をすくめた。

「大人を舐《な》めてたらこういう目に遭うぞと忠告のつもりだった……はずが、やりすぎた。だから謝ったんだ」

言い訳にもならないことは自分が誰よりわかっている。

煙草が吸いたい。頭を冷やさなければ。

そう思ってウインドーを下げたが、煙草はダッシュボードの中だ。ダッシュボードを開けるには、金田の前に手を伸ばさなければならない。

「おまえ、もう帰れ。遅くなるとお袋さんが心配するだろ」

早く車を降りるよう金田を促す。

「今日は遅くなるって言った。レギュラーになったから……そのお祝いするんだって」

金田は動こうとはせず、助手席に留《とど》まっている。

「誰と」

やや苛《いら》立《だ》ちを覚えながら問い返すと、聞き取りづらいほど小さな返事があった。

「べつに……誰ともしないけど……」

この一言で、初めから引き伸ばすつもりでいたのだと気づいた。金田の気持ちは伝わってくるが、だからといって前島にできることはない。

聞こえなかったふりをして、先を続けた。

「なら、こんなところにいつまでもいたってしょうがないだろう。早く降りろ」

自分の台詞に説得力がないことなど重々承知している。でも、他になんと言えばいいのか適切な言葉が浮かんでこない以上、どうしようもなかった。

早く車を降りてくれればいい。それだけを願う。

ふたりきりになるからいけないのだ。

頼むから早く降りてくれ。

「俺……前島にお祝いしてほしかったんだよ」

けれど、前島の都合のいい願いなど叶うわけがない。

「前島、俺のこと嫌い？」

金田は降りるどころか、前島が一番答えにくい質問をしてきた。

「な……にを言ってるんだか。ガキ相手に好きも嫌いも」

笑ってごまかそうにも、そんな状況はとっくに超えている。金田自身が、はぐらかすことを許してくれないのだ。

「俺、もう十六になってんだよ？　小学生じゃない」

「俺は三――」

三十二だと馬鹿みたいな返事をしそうになり、慌てて呑《の》み込む。落ち着けと自身に言い聞かせてから、ふたたび口を開いた。

「同じだろ。俺から見たら十分ガキだ」

ハンドルに両手を置いたまま、ひたすら言い逃れを重ねていく。

「こういうことに興味がでてくる年齢だろうが、同じキスするなら可愛《かわい》い女の子にしとけ」

そうだ。言い逃れだ。思春期の金田はまだしも、三十二歳にもなっている前島が金田とキスをする理由は本来これっぽっちもない。

「だったら、なんで前島はこっちを見ないいんだよ」

「それは……」

もっとも痛いところを突かれ、返答に詰まる。自分への苛立ちばかりが募ってゆく。

「『それは』って、なに？　こっち見てよ」

「………」

頼むから追い詰めてくれるな。

前島は必死で目をそらし続ける。

「俺のこと、もう見てくれないんだ？　キスしてって迫るから？」

一方で、厭でも教えられる。天真爛漫《てんしんらんまん》で、能天気な子どもはもうどこにもいないのだと。

もしかしたらとっくにいないとわかっていながら、まだ子どもだと思い込みたかったのかもしれない。

「……だよな。俺なんかずっと前の生徒で男だし。いいかげんつき合い切れないって思われても、しょうがないいか」

らしくないほど頼りなく気弱な言葉がぽつりとこぼされる。だが、この頼りなさは幼さゆえではなく、すでに不確かなものを知っている人間のものだ。

金田はもう、どんなに望んでも手に入らないものがあることを知っている。知っていて、なお希望を捨てずに努力をしているのだ。

「……んだってんだ」

前島はハンドルをこぶしで叩いた。

その後、頑《かたく》なに背《そむ》けていた顔を金田へと向けると、きつく掻き抱いた。

「おまえ、こんなの厭だろ？　自分でも頭がどうかしてるんじゃねえかって思うのに」

「なんで？　やじゃないよ？　ていうか……嬉しい」

金田の両手が、前島の背に回った。

まさかこの場面で嬉しいなんて言われるとは予想だにしておらず、がらにもなくうろたえてしまう。

「だから、そうじゃなくて……」

汗の匂いに混じって、金田の少し甘ったるい体臭が鼻をくすぐる。シャツから覗《のぞ》いた細い首筋に目を奪われる。

「なに？」

上目で問いかけられた、その少し潤んで見える瞳に不覚にも喉《のど》が鳴り、前島は勢いよく金田の身体を押し返した。

「なにやってんだ、俺は」

頭を掻き毟《むし》る。

いつまでもふたりきりでいるのはよくない。この四年、理由もなくふたりでいすぎてしまった。

「とにかく、おまえは帰れ。俺は自分に自信が持てないし、他にやらなきゃならないことが山ほどあるんだ」

最初にやるべきなのは、頭を冷やすことだ。冷静になってから改めて考える必要がある。

「やだ」

が、金田は即答した。前島の葛藤《かっとう》を見透かしているかのごとくきっぱりと撥《は》ねつける。

「絶対帰らない。このまま車降りたら、前島……明日からなんにもなかったみたいに俺のことまた子ども扱いして、そのうち忙しいとか適当な理由つけて離れていくつもりなんだろ。そんなの絶対厭だ」

「……金田」

金田がどこまで気づいているのかわからない。少なくとも前島のずるさは熟知しているようだ。

まさにそのとおり実行するつもりでいた前島は、いいかげんこの進展をみない押し問答に嫌気が差してきた。それ以上に、中途半端な自分に腹が立ってくる。受け入れることも拒絶することもできずにここまできた、これは報いにちがいない。

半ば自棄《やけ》になってアクセルを踏む。

どっちつかずのままでいるくらいなら、いっそ白黒つけてやれという気分になっていた。

金田の家から離れて向かった先は、自宅のあるマンションだ。十数分ほど無言で車を走らせ、前島は初めて金田を自宅へと招き入れた。

「案外、片づいてるんだね」

リビングを見回し、暢気《のんき》に感想を口にする金田の前で上着を脱ぐ。平然として見えても緊張しているのだろう、金田の肩が揺れたのがわかったが、無視して歩み寄ると目の前に立った。

「……前島」

「おまえ、わかってるのか？」

澄んだ瞳が、前島を見上げる。

頭では駄目だとわかっているのに、引き返そうと思わない自分はきっとおかしくなっているのだろう。

こんなつもりではなかった。大人としてまだ一線引けると信じていた。実際は、キスをしてしまったときから大人の対応なんてとっくに手放してしまっていたのだ。

金田の首筋に指先で触れる。

ぴくりと、今度ははっきり金田の身体が跳ねた。

「俺がいまからおまえにしようとしてること、わかってんのかって聞いてるんだ」

「あ……」

金田のこめかみが赤く染まる。

前島は構わず先を続けた。

「おまえに想像がつくか？　大人っていうのは、キスだけじゃ終われないんだよ」

いっそ怯《おび》えてくれればいい。

怯えて、帰りたいと言ってくれれば、いまならまだ冗談だと笑って送り届けることができる。そのときは寝酒でも飲んで、一晩ぐっすり眠って忘れるだけだ。

「わかってるよ」

金田がそう答えた。声は掠れていたものの、戸惑いを映していた瞳はまっすぐ前島へと向けられた。

「前島、忘れたんだ？　俺、小学生で『せっくす』って平気で口にしてたような子どもだよ」

セックスを連発して周囲を困らせていた頃の金田を脳裏によみがえらせる。思えば、あれがすべてのきっかけだった。

「知らないことはなんでも言える」

「……うん。だからいまは言えなくなった。興味がなくなったからじゃなくて、その反対。俺、いっぱい調べた。本やネットで、やり方とか、いろいろ」

「……おまえ」

金田の表情が変わる。

子どもと大人の間で揺れていたはずの振り子が、ぴたりと止まった。

子どもにはとてもできない、ひどく大人びたまなざしで見つめてくる金田に、前島も目をそらすことができなくなった。

「だから、たぶん、知識だけなら誰にも負けないと思う。なんで俺がそんなに必死で調べたのか、前島にわかる?」

「…………」

ここでわかると答えれば、引き返せなくなるだろう。いや、ちがう。おそらく前島は金田を自宅に連れてきたときから、すでに帰す気などこれっぽっちもなかったのだ。

青草のような甘酸っぱい匂いのするこの身体を抱きたい一心で、あれこれと理由をつけてここまで引きずり込んだ、結局そういうことだ。

「金田」

観念して抱き締める。

汗ばんだ、ほんのり甘い香りのする首筋に唇を押し当てた。

「そのおまえの知識を、俺が実践してもいいか」

「……うん。だって、そのためだし」

「かなわねえな、まったく」

そういえば昔から、前島は金田には振り回されっぱなしだった。かなわないのは当然だ。

「ベッドに行くか」

あれこれ考えるのはやめた。というより、いくら考えてもこの状況が勝手に答えを導いてしまっている。

いま前島が金田を欲しいと思っているのは、逆らいようのない事実だ。

「……うん」

背中に回していた両手を腰へと滑らせ、そのまま抱え上げる。荷物でも運ぶような色気のない抱き方だが、自分たちにはちょうどいい。

寝室のドアを開け、ベッドに金田を下ろすと、さっさと制服を脱がせにかかる。覚悟はあっても羞恥心《しゅうちしん》はあるらしく、睫毛《まつげ》を伏せた金田に思いのほかそそられてしまった。

「……電気は、消してほしいかな」

「なんで」

わざとしらばくれて問い返す。

「なんでって、やっぱり恥ずかしいじゃんか」

顔どころか首までほんのり赤くされては、いろいろな衝動が湧《わ》き上がるのだが、さすがに最初から大人げないので金田の意見を尊重して灯《あか》りを最小まで落とした。

「あ」

シャツの釦《ボタン》を外していると、金田が前島の手を制した。

「俺、そういや風呂入ってない。部活で汗かいたまんまだ」

一大事だとばかりに、ベッドから下りようとする金田を引き留める。そのままベッドに転がすと、ついでに跨《また が》った。

「いいよ、そのままで」

「よくない。汗臭いって、マジで」

金田は手足をバタつかせて抵抗を始める。電気に関しては譲ったが、今度は聞き入れるつもりはなかった。

「俺がいいって言ってるんだから、いいだろ」

「でも……っ」

シャツの前を開いて胸にキスをする。くすぐったがって金田は身を捩《よじ》ったが、暴れるのをやめた。

「ほんとに、臭いから」

唇を尖らせて抗議してくる姿が初々しくて、どこか罪悪感は湧くというのに、それ以上に昂揚する。まさか自分にこういう趣味があるなど、いまのいままで知らなかった。

「かえってそのほうが燃える」

にっと唇を左右に引くと、金田は真っ赤になった。

「うわ……へ、変なこと言うなよっ。なんか、すごいオヤジっぽくてやらしいんだけど」

いつもの金田にほっとする。あまり殊勝な姿ばかり見せられていると調子が狂う。

「オヤジだからな」

前島が開き直って申し訳程度についている小さな乳首を舌先ですくうと、金田は息を呑んだ。

「覚悟しとけ。オヤジってのはやらしいし、ねちっこいんだ」

「……も……なにそれ」

上目で睨《にら》んできたところで逆効果だ。尖らせた乳首に、言葉どおりいやらしく、ねちっこく吸いついた。

「あ……や……だ」

初めての感覚に金田の呼吸が浅く短くなる。時折甘えるように鼻を鳴らす様子が、前島を昂《たか》ぶらせていく。

胸を口で弄《いじ》りながら、手を滑らせて肌の感触を愉《たの》しむ。しっとりと汗ばんだ若い身体は、前島の愛撫《あいぶ》に敏感に反応してくる。

制服のズボンの前を開いたときには、すでに性器の先端は濡《ぬ》れていた。

「あ……待っ」

手で包み込むと、金田が甘い声を上げる。

「や……あ、動かしちゃ」

初めて耳にする声を聞いて、他にはどんな声を出すのか、どんな顔をするのか、全部暴いて見てみたくなる。

「気持ちいいか?」

耳元で聞いた前島に、金田はじわりと涙を滲《にじ》ませた。

「う、ん……でも……も、出そう」

その言葉に嘘はなく、前島の手の中で張り詰めている金田のものはいまにも弾《はじ》けそうだ。

前島は一度そこから手を離し、ズボンと下着を一気に足から抜いて、ベッドの下へ放った。

「やだ」

再開しようと手を伸ばしたとき、涙目で睨まれる。

「俺ばっかりじゃやだ。前島なんて、まだ釦一つ外してないくせに」

前島にしてみれば精いっぱいのやせ我慢だったのだが、金田には通用しない。こちらの事情など知らず責めてくる。

「俺くらい大人になったら、むやみに服を脱ぐものじゃないんだ」

そ知らぬ顔でかわそうとしても、金田は首を横に振った。

「すぐそうやってあしらう。大人とか関係ない。俺が、自分だけじゃ厭なんだよ」

もともと金田は好奇心旺盛《おうせい》な性格だ。それはこういう場面でも発揮されるようで、言うが早いか前島のシャツの釦を外し始めた。

「脱がしてどうする……俺が止まらなくなったら」

一応忠告した前島だったが、金田は手を止めず完全にシャツの前をはだけてしまった。それればかりか、迷わずベルトも外しにかかる。

「やっぱり俺だけするつもりだったんだ。厭だからね。言っただろ。いろいろ調べたって。わかってる。どこにどうやって挿れるのかも。自分で指だって挿れてみたこともあるし。だから、俺——」

恥ずかしいのか口早に捲《まく》し立てた金田に、前島は狼狽《うろた》える。

「おまえ——」

咄嗟《とっさ》に金田の口を手で塞ぐと、ベッドに押し倒した。

「ちょっと、黙ってろ」

これ以上煽られたら、ゆっくり順序を踏んで進む予定が脆《もろ》くも崩れてしまう。金田に触れるだけでもまずいのに、自分を抑えられなくなる。

けれど、金田は今度も前島のやせ我慢を嘲笑《あざわら》うかのように、口に押しつけた手のひらに舌先を這《は》わせてきたのだ。

「金田」

非難を込めて呼んだが、金田はものともしない。ぺろぺろと手のひらをくすぐってくる。

舌打ちをした前島は、金田の口から離した手を自身のスラックスにやり、自らベルトを外した。脅かしてやる意味で前をくつろげると、下着をあらわにする。

自分で中心を確認して、前島は喉で呻《うめ》いた。

昂奮しているという自覚はあったが、完全に勃《た》ち上がっている中心を現実に目にすれば、呆《あき》れずにはいられない。

「……前島、すごい、勃ってる」

しかも、そこに目を落とした金田に上擦った声で言われても少しも萎《な》えないばかりか、などと可愛い言葉を聞くと、いっそう硬くなった。若いときならまだしも、これほど昂奮するなど自分でも驚くほどだ。

「嬉しい」

触ってこようとする金田の手を、咄嗟に避《よ》ける。

「な、んで？　俺、触りたい」

「うるさい。それ以上、なにも言うな」

いくら駄目な大人であろうとそれだけは聞くつもりはなかった。肩で大きく息をした前島は身を屈《かが》めると、金田の口を塞ぐ意味でも口づけを再開した。

キスをしながら金田の性器を慰める。

「……ん……そんな、したら……あぅ」

指を先端に食い込ませた瞬間、金田は責めるように両手で前島の胸を叩いて、直後、極みの声を上げた。

「やだって……言ったのに」

絶頂の泣き顔を間近に見た前島は、眉《まゆ》をひそめた。

想像以上にいい顔は、不意打ちだ。これで終わる予定が、一瞬にして吹き飛ぶ。

もう少しだけと心中で言い訳して、先へ進むためにしなやかな脚を割った。

ぐったりと力の抜けた身体は前島の意のままだ。羞恥に震えはしても、逆らうことはない。

たったいま吐き出したものでびっしょりと濡れた性器を慰め、その後ろへと指を滑らせた。

「……あ」

金田はびくりと内腿《うちもも》を痙攣《けいれん》させたが、じっと動かず脚も閉じない。

「指、挿れたって？」

入り口に触れた。途端にきゅっと窄《すぼ》まったそこを、あやすように撫でる。

「う……ぅんっ」

固く目を閉じ堪《こら》える姿は、いまの前島には誘っているようにしか見えない。じわりと、下着が濡れてきたことを自覚する。

「どんな感じだった？」

「な……にが？」

「自分で、指挿れて」

「あ……へ……変なか……じがした」

少しだけ圧迫すれば、そこは濡れた指を拒まず吸いついてくる。さらに愛撫を加えると、素直に綻《ほころ》び迎え入れてくれた。

浅い場所を宥《なだ》めて、ゆっくりと進む。まるで金田の怯えを表しているかのように震えているくせに、奥へと招くような動きも見せて、前島にはここで包まれたときの心地よさを想像することは容易《たやす》かった。

「だったら、いまはどんな感じがする？」

内壁を広げるようにしながら、ゆっくりと奥を目指す。

金田の呼吸が荒くなり、睫毛もびっしょり濡れる。ふるふるとかぶりを振った金田は、やっぱり変な感じだと答えた。

「この先は変な感じじゃすまない。わかってるんだろ？　痛いし、つらいだろうし、きっとおまえは泣く。まずいことに、泣かれても途中でやめられるかどうか……俺には自信がない」

「……ま……えじま」

閉じていた目を、金田が開いた。

とたんに雫《しずく》がこぼれ、こめかみを濡らしていく。

金田は両手を、前島に向かって伸ばした。

「して」

どうにもならなかった。

いっそ一秒も待ちたくないほど逸《はや》る気持ちを持て余しながら指をそこから抜き、代わりに熱く滾《たぎ》った自身のものをあてがった。

「くそっ」

入り口に先端を押しつけ、そのまま擦《こす》る。金田の膝《ひざ》を閉じさせ、大腿の間に滑り込ませると大きく抽挿させた。

「あ、や……こんなの、や……あう」

金田の性器と自身を擦り合わせる。泣き顔と声に煽られて、あっという間に射精感が高まっていく。

「前、島……んで、挿れな……」

これ以上そのかさないでくれと心中で懇願しつつ、口づけで金田の抗議を塞ぐと、絶頂を目指した。

「う……っく」

ぽろぽろとあふれ出る涙を舌で拭《ぬぐ》い、あやしながら前島は目的を果たすために動きを速めた。

「……んぅ」

金田が大きく身体を震わせる。びくびくと跳ねながら射精する金田の性器になおも自身を押しつけ——前島も吐き出した。

貪るようなキスから宥めるためのキスに変えると、金田も応えて前島に舌を絡めてくる。この状態を続けていたらまたのっぴきならない状況に陥るのは目に見えているので、一度髪を撫でると前島は身を起こした。

多少なりとも昂奮がおさまると、自己嫌悪に襲われる。欲望に負けた己が情けなくて金田に背中を向け、ベッドに足を下ろした。

「これで終わり？　俺、全部してくれると思ったのに」

十分すぎるほど進んだというのに、金田は不満を洩《も》らす。

「挿れていいって、俺、言ったよ」

それがさも悪いことでもあるかのごとく顔を歪《ゆが》めた金田に、前島は頭を抱えた。

「頼むから、やめてくれ」

無邪気ほど厄介《やっかい》なものはない。こっちの事情を金田に察してくれというのは無理だろう。

「俺をこれ以上惑わすな。教職に就く者として、ひととして失格だと落ち込んでいるんだ」

背中を丸めてため息をこぼすと、肩に手がのる。

「大丈夫」

軽々しい慰めの言葉には思わず首を巡らせ睨んでやったが、金田はやけに頼もしい笑みを浮かべてみせた。

「迫ったのは俺だから、なにがあっても責任取るよ」

「――――」

いっそ清々しいまでに断言されて、いったいなにが言えるというのだ。

「だって、前島は俺のこと、好きなんだよな」

探るような上目で問われたときも、逆らおうなんて気はまったく起こらなかった。

「道を踏み外してもしょうがないと思うほどにはな」

前島の返答に、金田はほっと吐息をこぼす。その表情がまた大人のそれに見えてしまい、少なからず動揺しつつ、ベッドに座ったままで前島はシャツのポケットを探った。煙草でも吸わないことにはやっていられない気分だった。

だが、ひとつだけはっきりしたことがある。結局、自分は昔もいまも金田にはかなわないのだ。

この先は？

煙を吐きだしながら、頭をよぎった想像に前島はいっそう肩を落とした。

子どもの本気

柄にもなく乙女チックな気持ちになってしまうのは、やはり恋なんてしてしてしまっているからだろう。

金田陽平《ようへい》、十六歳。

つい最近、五年越しの初恋が成就して恋人とラブラブ——と言いたいところだが、世の中そううまくはいかないようだ。

「金田〜、マックでも寄ってかねえ？」

サッカー部の友人、加藤《かとう》が首に腕を回してくる。

加藤は百六十八センチの陽平より十センチも上背《うわぜい》があるので、コンプレックスを刺激されてできれば隣に並びたくない男だ。

「あー……悪い。いまいちのらねえから、今日は帰る」

さりげなく腕を外しながら断った陽平に、不満げな半眼が投げかけられた。

「んだよ。最近ちょっとつき合いがよくなったかと思ったら、もうこれか」

「……だから、悪いって」

謝罪しながら、理不尽だと思う。

恋が叶って、ただの教え子から恋人に格上げされた現在のほうが、その恋人の顔を見ていないというのはどう考えてもおかしい気がする。

この前会ったのは先週の金曜日なので、すでに一週間なにもなく過ぎた計算だ。しかもふたりきりに限定すれば、さらにさかのぼらなければならない。

先週ご飯を食べにファミレスに行ったときには、藤井《ふじい》先生が一緒にいた。

前島が藤井先生を誘ったらしかったが、金曜日だし、泊まればいいかと暢気に構えていたら、そのあとはまっすぐ家に送られて前島自身はあっさり帰っていったのだ。

そして——現在に至る。

今週に入って何度か携帯に連絡をしてみたものの、ことごとく「忙しい」の一言で玉砕している。

五年近い年月でこれほど「忙しい」日が連続するのは初めてだ。

行事前とか夏休み前とかならわからなくもないが、運動会の終わった十月の真ん中にたいした予定がないことくらい、陽平も同じ小学校に通った身だからよく知っている。

となれば、わざと避けられているとしか思えない。

「…………」

ため息がこぼれる。

いったいなにが悪かったのだろう。どうして前島は会わなくても平気でいられるのだろうか。

「お、おい。俺、そんな変なこと言ったか？」

加藤が、戸惑いを眉間《みけん》に滲ませる。

「やめろよ。似合わねえだろ。そんな……マジっぽい顔」

らしくないと言われるが、こっちは結構マジなんだよと心中でこぼした陽平は、作り笑いで応じた。

「ごめん。ほんとなんか、ダルいんだわ。今度また誘って」

一言だけで足を踏み出す。「次は絶対だぞ」と背中に投げかけられた声には右手を上げて応え、その場から立ち去った。

ひとり帰路に就く。

少し前までは、無理やりとはいえほぼ毎日近くのコンビニまで車で迎えに来てもらっていた。中学のときも、部活が引けたあと小学校まで陽平が押しかけていたから、頻繁に顔を見ることができた。

だが——いまはどうだ。

一週間、顔すら見ていない。

やはり避けられているのだろうか。もし本当に避けられているのだとしたら——思い当たる理由がひとつあった。

前回ふたりきりになったとき、陽平は前島のマンションに泊まった。

必死に迫って、セックスした。最後までしていないが、あれはセックスだった。

たぶん、あれが原因だろう。それしか考えられない。

寝た途端に避けられだした理由にも、じつは心当たりがある。

前島は何度も宥めようとしたし、ずっと躊躇《ちゅうちょ》していたみたいだが、陽平が強引に事を進めたのだ。半ば脅しに近かったという自覚はある。前島の気持ちをはっきり確認したわけではない。それだけ、自分は焦っていた。

冷静に考えてみれば、男とやるなんて本当は厭だったのかもしれない。陽平が望んだから前島は仕方なくやってくれて――でも、我に返ってみたら後悔してもうしたくないと思ったのかもしれない。

会ってくれないのは、無言の意思表示か。

「……やんなきゃ、よかったのかも」

なにもなかったら、いまでも学校帰りに車で送ってもらえたはずだ。それなら、顔だけでも見られたのに――。

とぼとぼ歩きながらあれこれ思考を巡らし、足許《あしもと》にため息ばかりが落ちる。

けれど、すぐに無理だと気づいた。

もう一度あの日に戻ってやり直せたとしても、自分はきっと前島に迫っていた。

なぜなら、ずっと好きだったから。好きなひととふたりきりでいて、なにもせずに我慢できるわけがない。

小学校のときは、ちょっと気になる先生という程度だったが、中学になって離れてみて初めて自覚した。

前島を好きだと。

会いたくて会いたくて堪《たま》らなくて、放課後部活が終わるとすぐに顔を見に行っていた。

藤井先生を言い訳にしていたが、最初から会いたい相手は前島だった。

ただ、そんなことを口にできるわけがないから、精一杯アピールし続けて——五年。自分でもしつこいと呆れずにはいられない。

我儘《わがまま》を言って、それを前島が許してくれるのを確認して、陽平は五年間ずっと前島にとって自分がどれほどの価値がある人間なのかを探っていた。

「……ガキくせえ」

しようがない。十六歳も離れているのだ。前島に比べればガキにはちがいない。

でも、ひとを好きになる気持ちに年齢なんて関係ない。高校生にだって、ガキじゃない恋愛はできるはずだ。

どうすればいいだろう。どうしたら、前島はまたふたりきりで会ってくれるだろうか。

本音を言えば、ふたりきりになったら……したい。前島に触ってもらってびっくりするほど気持ちよかった。もう一度あのときみたいにキスして、それ以上のことをしたい。

前島は、どうすればまたその気になってくれる？

不安が胸の中をひたひたと広がっていき、唇を噛《か》み締める。

セックスのことばっかり考えていると前島に知られたら、またガキと呆れられてしまう。

ずっとキスしたいとか触りたいとか思ってきたけれど、ここまで切羽詰まっていなかったような気がする。なまじ一度経験してしまったから、二度目のことばかりを想像するようになってしまった。

「前島……」

何度目かのため息がこぼれた。セックスどころか、いまは会うことすらかなわないことがつらかった。

小石をこつんと蹴ったとき、背後でクラクションが鳴った。うるさいと眉をひそめると、路肩に停まった車から陽平を呼ぶ声がした。

「吹雪《ふぶき》ちゃん！」

振り返った陽平は、思いもよらないひとの姿を目にする。

先日も前島と三人で顔を合わせたが、下校途中にばったり会うのは初めてだ。

「いま帰り？」

駆け寄っていった陽平にそう聞いてきた藤井先生は、助手席を示した。

「ちょうどよかった。送っていくよ」

「マジ？　やった」

すぐにドアを開け、助手席に身体を滑り込ませる。藤井先生らしいカーコロンの甘い匂いに、思わず笑みがこぼれる。

「なんか、すっげえ偶然。ラッキー」

藤井先生は、見かけがまったく変わらない。しばらくぶりに会った教師たちはみな当時より老けているのに、五年前と同じだ。

「じつは、待ってた」

藤井先生が苦笑した。

「え、そうなの？」

びっくりして運転席に問い返すと、整った横顔が上下に動く。その後、藤井先生は言いにくそうに切り出した。

「この前、金田の様子がちょっと変だったような気がして」

この前というのは、三人でご飯を食べたときのことだろうか。どうやら藤井先生にもわかるくらい動揺していたらしい。

前島とふたりだと思っていたら、急に前島が藤井先生を連れてきて——あれから陽平は不安ばかりを募らせている。もしかして前島は自分とふたりになりたくないのか。そんな疑念を抱《いだ》くきっかけになった。

「この前、変——だった？　俺」

恐る恐る窺うと、藤井先生が笑みを深くする。

「気のせいだったらいいんだけど、ちょっとだけ元気がなかったように見えたんだ」

「あ、そっか」

元気がなかったわけではない。

おそらくあの日は、前島がなにを考えているのか疑心暗鬼になっていたからそう見えたのだろう。

最近の陽平は、寝ても覚めても前島のことを考えている。

「そうかな。部活でしごかれて、疲れてたのかも」

もっともらしい言い訳をすれば、藤井先生はごめんなと謝ってきた。

「変なこと聞いて悪かった。そうだな。高校の部活は大変だもんな」

一度言葉を切ると、前を向いたまま意外な名前を口にする。

「前島先生なんだけど」

いや、意外でもなんでもない。小学生の頃から近くにいた藤井先生だから、陽平の気持ちを察していても不思議ではなかった。

「なんだか前島先生の様子も変だった気がしたから、なにかあったのかなって思ったんだ」

「…………」

あのときから変だったのかと、藤井先生の言葉で知る。陽平は前島の異変にまったく気がつかなかった。

「ねえ、吹雪ちゃん」

前を向いたまま切りだす。

「ん？」

藤井先生の横目が一瞬、陽平に流された。その穏やかなまなざしに後押しされて陽平は思い切って質問をぶつける。

「吹雪ちゃんって、いま恋人いる？」

あからさまに横顔がうろたえ、頬《ほお》までほんのり染まった。なんだ、ラブラブなのかと、その表情だけで察せられた。

「え……っと、まあ、いるけど」

ちゃんと答えられる藤井先生が羨《うらや》ましくて、つい愚痴を並べてしまう。

「吹雪ちゃんは恋人とうまくいってんだね。いいね。どうしたらうまくいくんだろ。俺、ぜんぜんわからない」

「――金田」

「やっぱ……がっついたのが悪かったのかな」

「が……」

藤井先生は驚いたらしく、目を見開いた。が、すぐに普通の顔になる。きっと気を遣わせてしまっているのだ。

「そっか」

藤井先生がしみじみとした様子で、軽く頷いた。

「金田もそんな歳《とし》か。高校生だもんなあ。それは悩むわ」

まるで自分も高校生のときには悩んだかのように聞こえた陽平は、身体ごと運転席に向き直って水を向けた。

「吹雪ちゃんもこういう悩みってあった？　好きなひととうまくいったと思ったのに、ぜんぜん相手の気持ちがわかんないとか」

藤井先生の表情が懐かしげにやわらぐ。

「もちろんあったよ」

「ほんと？　俺くらいの歳のときに？」

「ちょうど高校生のときに」

意外な返答に思わず身を乗り出すと、なにを思い出してか、綺麗《きれい》な横顔に少し切なさが滲んだ。

「相手どころか、自分の気持ちさえわからなくなった。疑心暗鬼になって、結局馬鹿な真似をして逃げるように別れてしまった」

「エッチは？」

清潔なイメージの藤井先生にこの質問はやばいだろうと頭では思いつつ、勢いのまま口に出してしまう。

確かめずにはいられなかった。

「エッチはした？　したかった？」

身も蓋《ふた》もない言い方をした陽平に、藤井先生はあははと声を上げて笑う。

「もちろんしたし、毎日でもしたかったよ」

あからさまな答えが返ってきて、自分で質問しておきながら少なからず驚いた陽平だったが、同時にほっとしていた。

藤井先生でも、そういうことを考えたのかと。それなら、自分がしたいと思うのもしようがない。

「でも、そういうのを含めて怖かったんだ」

穏やかなほほ笑みとともにこぼされた一言には、藤井先生の気持ちが込められている。おそらく相手のことがまだ好きなのだろうと察せられた。

「怖いっていうの、わかる」

いまの陽平がまさにそうだ。

前島のことが好き。それは、自分の中ではっきりしている。

一方で、触りたいとか触ってほしいとか、そんな欲求ばかりが膨らんでいくことが不純にも思えてくる。

「怖くない恋なんてないんじゃないかな。恋愛って、エゴのぶつかり合いだったりするんだと思うよ？」

「……………」

優しい藤井先生から発せられたとは思えない言葉だ。

「疑いもするし、嫉妬《しっと》もするし――少しでも振り向いてもらったら、もっともっとって欲張りになる。だろ？」

でも、陽平の胸にするりと入ってきた。

「うん。そう」

ようやく身体の力が抜ける。

自分だけではなかった。同じように考えているひとがいたという安堵《あんど》は、いまの陽平には大きかった。

藤井先生は、陽平にとって信頼できる大人だ。そのひとの言葉はなにより心強い。

「ありがとう、吹雪ちゃん」

「いいえ。参考になったかどうかはわからないけど」

「参考になった。てか、今日はわざわざ来てくれて嬉しかった」

照れながら礼を言うと、藤井先生は陽平の髪をくしゃりと撫でてきた。

陽平は頬を緩め、藤井先生の好きな相手はどんなひとだろうかと想像してみる。きっと素敵なひとなのだろう。藤井先生を悩ませるほど、夢中にさせたひとなのだから。

「もう着いちゃったな」

家が見えてくる。

速度を落とし、路肩に車が停まった。

「ありがとう」

礼を言って車から降りた陽平は、走り去る車の後ろ姿が消えるまで見送った。

家の中には入らず、鞄《かばん》を玄関の隅っこに置くと自転車に跨った。小学校経由で、前島のマンションに行ってみるつもりだった。

前島の気持ちが知りたい。なにを考えているのか、どうしたいのか。このまま悶々《もんもん》と過ごすよりは、正面からぶつかってみようと思った。

誰でも悩むと、藤井先生も言っていたではないか。悩みを解決できるのはきっと自分だけなのだ。

自転車を飛ばせば、小学校まではほんの数分で到着する。

もう前島は帰ってしまっただろうか。

陽平は正門から入ると、駐車スペースの前を通って、まだそこに前島の車があることを確認した。

中学までそうしていたように職員室の窓から覗こうと、ペダルをぐっと踏む。が、向こうから歩いてくる姿を認めて、足を止めた。

前島だ。

前島はひとりではない。知らない女のひとと一緒で、陽平には滅多に見せてくれない笑顔をそのひとに向けている。

「……金田」

陽平に気づいた前島が、目を見開く。その顔に明らかな狼狽《ろうばい》が浮かんだ。

若い女にちらりと視線を向け、気遣いを見せながら前島は歩み寄ってきた。

「どうしたんだ、おまえ」

他人行儀にも聞こえる口調に、まるで邪魔しているような気分になる。自分が悩んでいる間に前島は——もやもやと暗い気持ちが胸に広がっていった。

わかっている。これは嫉妬だ。

「…………」

「家から、自転車で来たのか」

前島の問いに頷く。

どうしてと理由を聞かれたときは、なんと答えようか。陽平は前島の背後の女を上目で窺った。

すると、女が前島の隣まで近づいてきた。

「もしかして、前島先生の教え子？　なにか相談があるの？」

見覚えのない顔だ。陽平が高校に入学してからこの小学校に赴任してきた教師だろう。

たぶん、美人の部類に入る。

少し明るめの髪はふわりと肩を覆い、肩は細くなだらかだ。白い肌に、薄桃色の唇が目立っている。

わずかに身を乗り出して顔を覗き込まれたとき、甘い香りが漂ってきた。

とたんに、自分の汗臭さが気になってくる。部活を終えてここまで飛ばしてきたから、たっぷり汗を掻いた。

「俺は――」

「どうしたんだ」

陽平が口を開くと、言葉をさえぎるように前島が割り込んできた。

「おまえ、なにか用事でもあるのか」

突き放すような言い方をされて、失望する。

きっと迷惑だったのだ。それが証拠に前島の眉間には深い皺《しわ》が刻まれている。

「……べつに……用なんてないけど」

「そうか」

 前島は顎にうっすら生えた髭を、手のひらで擦った。

「あとで連絡するから、とりあえず家に帰りなさい」

 言うことを聞くしかない。勝手に来てしまった自分が悪いし、ふたりの邪魔をしてしまっている。

「……前島は？」

 それでも、これだけ確認しておきたかった。陽平が帰ったあと、前島はどうするつもりなのか。

「俺は、篠原先生を送っていく」

 前島は少しも迷わず答えた。適当にはぐらかせばいいのに、こんなときに限って正直な前島が憎らしい。いったいなにを考えているのか、前島のことがまったくわからなかった。

「そ……っか」

 前島の言葉を受け、篠原と呼ばれた女が笑みを浮かべた。

「いいですね。高校生になっても相談しに来る生徒がいるなんて。案外、前島先生っていい先生なんですねえ」

 なにも知らないくせに、知ったかぶりでほほ笑む彼女に、いけないとわかっていながら不快感が込み上げる。

相談しにきたわけではない。

会いたいだけだ。

ずっと好きで、だからキスしたし、セックスだってした。簡単に「いい先生」なんて一言ですませられるのは不快だった。

「羨ましいわ」

唇を引き結んだ陽平の肩に、前島の手が急《せ》かすように触れた。

「ほら、帰れ」

まるでここにいたら邪魔だと言わんばかりの態度を取られて、感情的になるのを抑えられない。

「…………」

前原と篠原が睦《むつ》まじげに肩を並べて陽平から離れていく。

「すみません。送っていただくなんて」

「いえ、いいですよ」

なんだ、これは。こんなの前島ではない。

格好つけて、「いいですよ」なんて愛想よくして。篠原がちょっと美人だからって、鼻の下を伸ばして。

篠原がいるから、陽平が邪魔になったというわけか。

「…………」

胸の奥からどす黒い感情が染みだしてきて、身体じゅうに広がっていった。

いまは堪えなければ。あとで連絡をくれると約束してくれたのだから、黙って家に戻って、前島からの連絡を待っていなければ。

そう思うのに、少しも冷静になれない。

前島が、助手席のドアを篠原のために開けた。

そんなこと、陽平には一度もしてくれなかった。

「……んだよ」

必死で口を引き結んでいたはずなのに、とうとうどす黒い感情が言葉になって口からこぼれ出た。

「急に来て悪かったよ。もう二度と来ないから、安心しろよ」

一度口火を切ってしまえば、堰《せき》を切ったように止まらなくなる。

「邪魔なら邪魔だって言えばいいだろ。中途半端な気遣いなんていらねえんだよっ。前島なんて……大嫌いだっ」

ぐっと足に力を入れる。

脇目も振らずペダルをこぎ、前島と篠原の前から逃げ出した。

「金田！」

自分を呼ぶ前島の声が耳に届いたが、振り返らなかった。

自転車を飛ばし、家に戻る。二階の自室に飛び込むと、ベッドに突っ伏した。

「……くそっ」

くそ。くそ。くそ。

前島なんて嫌いだ。美人に鼻の下を伸ばして、へらへら笑って、陽平に気づくとあからさまに顔色を変えた。迷惑そうに眉をひそめた。

「くそ……なんだよ……っ」

もしかしたら会ってくれなくなったのも、単に後悔しているからだけではなく、あの篠原という女のせいかもしれない。

篠原のことを好きになったから、会ってくれなくなったのかも――。

陽平は篠原みたいに大人ではないし、いい匂いもしないし――なにより、篠原は女だ。男でガキの陽平より、綺麗な女のひとのほうがやっぱりよかったと前島が思ったとしても不思議ではない。

「……好きって、言ったじゃんか」

それともあの言葉は、陽平が都合よく聞き間違えただけなのだろうか。

――道を踏み外してもしょうがないと思うほどにはな。

きっとそうだ。あのときは耳がどうにかなっていた。本当は、前島はそんなこと言ってく

れてなどないのだ。

「……前島の……馬鹿野郎っ」

自虐的なことばかりが次から次へと浮かんできて、とうとう涙がこぼれ落ちる。

慌てて擦ったが間に合わず、ぽろぽろと頬を伝う。

拭っても拭ってもきりがない。

こんなの自分らしくないとわかっているが、どうにもならなかった。

最初は顔を見るだけでいいと思っていた。会ううちにどんどん欲が出てきて、自分だけを見てくれないかと期待するようになった。そして、うっかり気持ちが通じてしまったような気がしたから、泣くはめになった。

「最悪……っ」

洟《はな》をすすって、悪態をつく。前島を責めることで、少しでもこのつらさから逃れたかった。けれど、つらさは少しも薄れない。さっき見た前島の顔を瞼《まぶた》の裏に描けばなおも涙はあふれ、仕方なく陽平は拭うのをあきらめた。

馬鹿みたいだと思う。

まるで小さな子どもではないか。

誰よりも早く大人になりたいと望んでいる陽平なのに、結局はこのありさまだ。

どんなに頑張っても前島に近づくことはできない。年齢差は、想像していた以上に重くのしかかってくる。

泣いたせいですっかり重くなった瞼を、何度も瞬《しばたた》かせる。

家に戻ってからどれくらいの時間がたったのか、時計を見る気にもならなかった。

窓ガラスに自分の顔を映してみると、あまりにひどい顔にぎょっとした。瞼は腫《は》れ上がり、顔全体が真っ赤になってむくんでいる。

それでも、泣いたことで少しは気がすんだ。自分の不細工な顔を笑えるだけの余裕も出てきた。

窓の外はすっかり暗い。

真っ暗な空に白い氷のような三日月が、夜空にくっきりと浮かんでいる。

いま頃前島は、なにをしているだろう。あの篠原とかいう女教師とふたりで仲良く、月でも眺めているのだろうか。

ふたりの姿を思い描けば、落ち着いたはずがまた簡単に泣けてくる。

己の女々しさが厭で、情けない。

年齢差なんて初めから承知だったし、そんなものは関係ないとずっと頑張ってきたけれど、少しだけ疲れてしまった。前島が会ってくれなくなったのではどうしようもない。前島の心を変えることは無理だし、無理やり合わせてもらいたいわけではないのだから——。

ただ、好きなひとに好きになってもらいたかっただけだ。少しでもいいから振り向いてほしい、それだけだった。

結局は欲を出しすぎたのだろう。

やっと想いが通じて、身体を重ねて、陽平としてはこれで大丈夫と安心できたが、実際はそうではなかった。大丈夫どころか、まだ以前の、ただの教師と元生徒という関係だったときのほうがマシだったと思えるくらい、前島が遠くなってしまった。

避けられるくらいなら、いっそはっきりさせたかった。もし前島が陽平をそれほど好きじゃなくて、やっぱり生徒としか見られないならちゃんと言ってほしい。時間はかかっても、陽平だって子どもではないのだから、そのときはちゃんと受け止める覚悟はある。

でも、さっき大嫌いだと言ってしまったあの言葉だけは訂正したかった。大嫌いなんて嘘《うそ》だと伝えたい。

距離を置かれたり、素っ気ない態度をとられたりしたくらいで嫌いになれるなら、どんなに楽か。

……怒っていたらどうしよう。

いや、怒っていてくれたほうがいい。平気でいられたら、そのほうが凹む。

机の上の携帯電話を見つめて、陽平はひとり悩む。

いくら頭の中で考えても無駄と知りつつも、悶々とする。

どうしよう。電話してみようか。だけど……もしまた避けられてしまったらと思うと怖くなる。

携帯電話を見つめていると、いきなり震えだした。

急いで手に取り、相手を確認する。

前島だった。

すぐに出たいのに、不安のために躊躇する。はっきりさせたいと思ってはいたが、いざそのときが来ると逃げ出したくなる。

早く出ないと——切れてしまったら、きっと後悔する。

唇を引き結んだ陽平はベッドに腰かけ、勇気を奮い立たせて通話ボタンを押した。

『金田か』

声を聞くと、ずきりと胸が痛んだ。

これからなにを告げられるかと、不安で胸が押し潰《つぶ》されそうだった。

『その——おまえが妙な勘違いをしてるんじゃないかと思って』

前島の声には、微かな躊躇が滲んでいる。

「妙な勘違い……って、なんだよ」

陽平が言い返すと、これにも歯切れの悪い返答があった。

『だからその、仕事を手伝ってもらったから送っていっただけで、篠原先生とはなんでもない』

本当だろうか。信じていいのだろうか。

黙り込んだ陽平の前で、前島は小さく息をついた。

『だいたい、俺が若い女に好かれるような男ならこの歳まで独り身でいるのがおかしいだろ』

前島らしい言い方も、簡単には同意できない。前島が、自分で思っている以上に人気があることを小学生から見てきた陽平はよくわかっているのだ。

とはいえ、気づいたことがある。冷静になって考えてみれば、前島が同僚と陽平を天秤《てんびん》にかけるような真似をするはずがない。ようするに、なにかと理由をつけて会ってくれないから、綺麗なひとを車に乗せるところを目の当《ま》たりにして気が動転したのだ。

『なんとか言えよ』

前島の言葉に、陽平は唇を解いた。

「……そっち、行っていい?」

前島からの電話にほっとしたのは事実だ。少なくとも陽平を、言い訳しなければならない相手だと思ってくれているという証拠だろう。

『……いまからか』

「うん」

返事がない。

迷っているのが、携帯電話越しでも察せられる。せっかく浮上したはずの気持ちが、また一気に萎《しぼ》んでいった。

電話はいいけど、会うのは駄目なんてどういう理屈なのか。会う気もないのに言い訳めいた電話をわざわざしてくるのはどうしてなのか。

電話をもらったら陽平が期待してしまうことくらい、前島は承知しているはずだ。

「俺が……やになったんだ」

携帯の向こうで小さく息を呑む気配がする。

表情を窺って、声に耳をすましてた——もうずっとそうしてきたから、たとえ顔は見えなくとも陽平には前島の些細《ささい》な変化が手にとるようにわかってしまう。

避けられると、自虐的な気持ちをぶつけずにはいられなかった。

「後悔してるんだろ？　俺みたいなガキを相手にしたこと……つきまとわれて、困ってる？　それならそれで、はっきり言えばいいじゃん。こんな、逃げ回るみたいな真似なんかしなくても——」

そうだ。前島は逃げ回っているのだ。

陽平と会わないように、ふたりきりにならないように。

『俺は——』

「大人ってやだね」

前島の声をさえぎる。

なにも聞きたくなかった。

あれは、なかったことにしよう。好きと言ったのも、寝たのも気の迷いだった。やっぱり生徒とは恋愛できない。そう最後通牒《さいごつうちょう》を渡されてしまったら、自分はどうしたらいいのか……一度は気持ちが通じたと期待しただけにショックが大きかった。

「逃げてれば、そのうち俺もうるさくしなくなるだろうって？　そうやって丸くおさめようとしてるってわけだ」

必死で軽い口調を装って、前島への非難を並べ立てた。真剣になって責めれば、それだけ自分自身の傷も深くなる。

前島の文句は言えないのかもしれない。結局傷つきたくないから、こっちもそれほどマジじゃなかったふりをする。

「いいけど。俺も人生経験を積んだと思えば」

そうしなければ、あまりに惨めだ。

『金田』

もうどうでもいい。一言も聞きたくない。

「眠くなったから切るよ。明日からつきまとわないし、安心して」

『金田、俺の話を聞け』

厭だ。前島の話なんて聞いてやるものか。うまく言い包《くる》めようとしたって無駄だ。

「俺も最近部活とか大変になってきたし、実際、前島につきまとってる暇もないんだけどね。だから、お互いさま。俺のことは忘れていいよ。俺も前島のことなんて――」

『ちょっと黙ってろ！』

耳をつんざく荒々しい声に、直後、陽平はぐっと声を呑み込んだ。前島に怒鳴られること自体なかったので、驚いてびくりと身体が跳ねる。

「……俺は」

でも、理不尽な話だ。つらい想いをさせられたあげく、怒鳴られるなんて――どうして自分がこんな目に遭わされなくてはならないのだ。

悔しくて涙が滲んでくる。なんとか堪えようとすれば、喉がおかしな音を立てた。前島に聞かれたくなくて、陽平は咄嗟に携帯を切ってしまう。

『金――』

自分を呼ぶ声が途切れたのを最後に携帯電話から手を離すと、あっという間に視界が潤み、睫毛が濡れる。

ぽろりと頬に雫が伝った。

「……くそ」

泣きたくなんてない。自分の思いどおりにならなかったからといって泣くのは、子どものすることだ。

「なに……やってんだ、俺」

子どもは厭だ。なにもできない。好きなひとが去ろうとしているのに、指を銜《くわ》えて見ているだけだ。もっと自分が大人で、ちゃんとまともな恋愛ができる相手なら前島も逃げたりしなかったのだろう。

そう思うと、いまの結果も仕方がないことだと思える。

なんで前島なんて好きになったりしたのか。きっとそこから間違いだった。

優しくされた覚えはない。前島は他の先生に比べて特別いい先生というわけでもない。熱血でもなければ、生徒と一緒になって悩んでくれるような親しみのあるところもなかった。

――ガキにガキと言ってなにが悪い。

小学生に平気でそんな台詞を吐くような教師だ。

だから、中学に上がったとき、ぽっかりと穴があいたような寂しさの理由を、最初は藤井先生と会えなくなったせいだと思っていた。

藤井先生が一時期マレーシアに行ったときにも感じていた寂しさが、このまま疎遠になっていく状況になって数倍に膨らんでしまったのだと。

でも、ちがった。

中学からの帰り道に小学校に寄るようになって、すぐに気づいた。前島ばかりを目で追いかけている自分に。

どうしてだろうと初めは不思議で、間もなく自覚した。

気づくきっかけは、もちろんあった。

あれは、いつだったか。

――また来たか。いつまでも小学生気分でいると、チビのまんまだぞ。

そうからかって笑った前島に、陽平は嚙みついた。

――小学生気分なんかじゃないよ！　むしろ俺はこの胸の寂寥感《せきりょうかん》の理由を探しにやって来てるんだし。

――胸の寂寥感？

笑い飛ばされると覚悟していた。

だが、前島は笑わなかった。ふと目を細め、陽平の頭を乱暴な手つきで撫でたのだ。

――そっか。寂寥感か。

しみじみとそう口にしながら。

その前島の顔を見つめながら、陽平は気づいてしまった。

寂寥感を埋められるのはたったひとり、前島しかいないのだということに。前島に会いたくて、自分が一生懸命小学校に通っていることに。

前島の顔を見ると、ほっとした。胸にぽっと火が灯《とも》ったようになった。

意識しだしてからは、坂道を転がり落ちるとはまさにこれだというくらいの勢いで――あっという間に火は炎へと変わっていったのだ。

それからは必死だった。

どうにか振り向いてほしい一心で小学校へ通った。

歳が離れているからあきらめようとか、どうせ相手にしてもらえないとか、普通なら当然考えるようなこともまったく頭になく、ひたすらアピールを続けたのだから我ながらすごい根性だと思う。

片想いのときのほうが、迷いがなかった。

いまは、迷いだらけだ。

本当はすぐにでも会いにいって、さっきのは嘘だよと撤回したい。

会いたい。会ってくれるだけでいいから。迷惑なときはちゃんとおとなしく帰るし、キスしたいって迫らないから——そう言いたかった。

「——無理」

即座に、自分の考えを否定する。

頭では理解していても、それが自分には無理だというのもわかっている。

前島を前にして、ちょっとだけ顔を見ておとなしく帰るなんて、できるわけがない。それだけで満足できるほど自分はやはり大人ではない。

欲張りなのだ。

顔を見れば、ずっと一緒にいたくなる。キスしたくなる。キスをすれば、それ以上の行為も望んでしまう。

——疑いもするし、嫉妬もするし、少しでも振り向いてもらったら、もっともっとって欲張りになる。

ふいに、藤井先生の言葉が頭に浮かんだ。

そのとおりだ。誰より好きなひとだから、どんどん欲張りになる。

陽平はティッシュに手を伸ばし、数枚引き抜くと、ごしごし目許を擦った。ついでに洟をかんで、屑籠《くずかご》に放り投げる。

大人にはなれない。どんなに努力しようと前島との年齢差を縮めるなんて不可能だ。でも、前島を好きな気持ちだけは本当だから、それを伝えなければならない。

会いたい。キスしたい。抱き合いたい。

なぜなら、前島のことが好きだからだ。

前島にまだ一度も自分の気持ちをちゃんと伝えてなかった。キスしたいとかエッチしたいとかばかりで、好きだとはまだ言っていない。

ちゃんと言葉で伝えなければ。

泣くのはそのあとでいい。告白しないうちはまだあきらめきれない。

唇を引き結び、陽平はベッドから腰を上げる。部屋を出ると、そのまま玄関へ足を向けた。

「陽平、どこに行くの」

出かける間際に問うてきた母親には、振り向かずに急用だと答える。

嘘ではない。これ以上に大切な用事など、いまはなかった。

自転車を飛ばし、目指す場所は前島のマンションだ。

家を出ると、道路を横切る。ぐっとペダルを踏み込んだそのとき、名前を呼ばれたような気がしてブレーキをかけた。

自転車を停めた陽平は、路肩の車に目をやる。

見たことのある白いセダンだ。この車はもしかして――。

うっすらと車内に差し込む街灯の灯りに、運転席に座っているひとの輪郭が浮かび上がっている。顔はよく見えないが、陽平には一目で誰なのかわかった。

「……前島」

陽平が見つけるタイミングを計っていたかのように、ドアを開けて前島が降りてくる。

会いたいと思ってマンションまで押しかけようとしていたものの、不意打ちに驚き、その場に立ち尽くしてしまった。

前島は陽平の傍《そば》までやって来ると、困ったように口許を歪《ゆが》める。

「出かけるところか?」

返事をしようとしたが、喉に蓋でもされたみたいにうまく声が出てくれない。

黙ったままでいる陽平に、前島が先を続けていった。

「話がしたいと思って来た。電話じゃ埒《らち》があかないし――用事があるなら、出直してくるが」

勢い込んでいたはずなのに、いざ前島を目の前にすると、なんと言えばいいのかわからなくなる。戸惑いばかりが先に立つ。

好きだ。会いたかった。

たった二言が出てこない。

唇を噛み締めると、前島が小さく息をついた。

「また明日にでも連絡する。その――暗いから気をつけろよ」

それだけ言い残し、車へと戻ろうとする背中に、陽平は強張る唇をようやく解いた。

「俺……」

このまま別れたくない一心だった。

せっかく前島が来てくれたのだから、なにも告げないまま帰したくない。

「前島に……会いにいくつもりだったんだ」

前島が振り返った。前島はふたたび陽平の傍まで戻ってくると、無言で車へと促す。

表情は、無愛想――というよりは少し不機嫌そうにも見え、引き止めてはみたものの、これからどんな話をされるのかと疑心暗鬼になり、尻込みをしてしまいそうだった。

玄関先に自転車を置いて、鈍い動きで助手席に乗り入れる。運転席に滑り込んだ前島はすぐにエンジンをかけた。

動きだした車の助手席の窓から、陽平は必死で外を見つめる。前島とまともに顔を合わすのが怖かった。

意を決して好きだと言うつもりだったのに、予期せぬ前島の登場にすっかり狼狽えてしまっている。自分がしたかった話より、前島がなんと言おうとしているのか気にかかる。

やっぱりつき合えない。これまでのことは忘れてくれ。そう言われたらどうしよう。

いや、きっと前島はそのつもりで会いにきたのだ。だから、不機嫌な顔をしているにちがいない。

悪いほうばかりに頭がいって、熱い塊が胸から喉に込み上げる。

必死で我慢しているが、いつまで持つか……。

「金田。話をしていいか」

硬い声で切り出される。身体を硬直させた陽平が返答を躊躇《ためら》ううちに、前島は話し始めた。

「さっき電話でおまえに後悔してるのかって聞かれて、俺は焦った。図星だったから」

「………………」

厭だ。聞きたくない。

耳を塞ぎたいのに、意識は前島の声に向かう。

「確かに後悔してる。俺はおまえよりずいぶん歳を食ってるし、これでも教育者の端くれだ。

本来なら窘《たしな》めなきゃいけないのに、ついふらふらと……教え子のおまえにあんな真似をして──」

「窘めるって……なんだよ」

いまさら責めたいわけじゃない。前島の気持ちを変えさせるなんて無理だから、もし断られても仕方のないことだと理解している。

「おまえは、まだ十六だ」

「十六だよ……だから、なんだっていうわけ」

それでも、足掻《あが》かずにはいられなかった。

泣いて責めて、前島が傍にいてくれるというなら、いくらでもそうする。それしか残っていないというなら。

「これから先いろんな人間と出会って、影響を受けて一番変わっていく年頃だ。そんなときに、いつまでも小学校のときの教師に固執してても、いいことはひとつもない。外に目を向ければ、きっと相応《ふさわ》しい相手がいるはずだ。俺よりもずっと……」

「なに、それ」

ひどい。

こんなにひどい言葉はない。言うに事欠いて、「俺より相応しい相手」だなんて、逃げる口実としては最悪だ。

それならいっそ、おまえみたいなガキは相手にできないと、いつもの前島みたいに言ってほしかった。

「わ……かったよ」

煮え切らない前島など、前島らしくない。

「……もう俺……前島には」

つきまとわない。二度と会わない。そう告げようと口を開くと、我慢していた熱い塊が一気に胸の奥で膨らみ、せり上がってきた。

想いがあふれ出す。

ぽろぽろと涙がこぼれた。

「……金田」

ここで泣くなんて反則だ。フェアじゃない。ますます子どもだと思われる。わかっているのに、止まらない。

「……俺……やだよ……な、んで、そんなこと……言うんだよっ」

激情に負け、予定とはまったくちがう台詞を口に出していた。

「金田……俺は」

「厭だ。絶対厭」

泣き顔を見られたくなくて顔を両手で覆った。

前島がどう受け取ったのかわからない。無言で急にハンドルを切った。

脇道に入ると、真っ暗な神社の前で車は停まる。人通りのない、静かな場所にふたりきりになって、陽平の気持ちはさらに激しく揺れた。

「俺のこと、嫌い？　……俺は、前島が、好きなのに」

「………」

「俺、ずっと好きで、だから嬉しかった……」

ひくっと喉が鳴る。

無理強いはできないと頭では承知していながら、結局、まだ無理にでも傍にいたいと願ってしまう。

傍にいれば、いつか好きになってもらえるかもしれない。でも、離れてしまったらそこで終わり。先はない。

「前島——」

「勘弁してくれ」

陽平の言葉をさえぎり、前島は吐き捨てるようにそう言うと、ハンドルに突っ伏した。声音には、躊躇や戸惑いが表れていた。

「おまえ、俺の歳、知ってるか」

いまさらなんだというのか。年齢差なんて、最初からわかっていた。

「……三十、くらい」

「ああ。三十二だ。十六もおまえより歳食ってるんだぞ」

「それがなんだよ」

ひとを好きになるのに、年齢なんか考えていられない。世の中には歳の差カップルなんて掃いて捨てるほどいる。

「なんだよ――だって？」

前島の顔がハンドルから上がり、その目が陽平を捉《とら》えた。

やっとまともに見てくれたと、陽平はほっとしたのだが前島はちがったようだ。眉間に深い皺を寄せ、馬鹿野郎と陽平をなじった。

「どうせ、馬鹿だよ」

開き直って唇を尖らせれば、前島の手が頬に伸ばされる。指で乱暴に涙を拭って、不機嫌だった顔に苦い笑みを浮かべた。

「相当泣いたのか？　目が腫れてる」

返事はしなかった。が、前島はわかっているのだろう。

「だから馬鹿だっていうんだ。俺みたいなおじさんのどこがそんなによくて」

陽平自身が聞きたいくらいだ。前島のどこがいいかなんて、考えてみたこともなかった。

前島だから――としか言いようがない。

「……けど、おまえのことは言えないな。俺も大概馬鹿だ。おまえはまだ若いから、一時の感情に流されているだけだ。いまにきっと、俺なんかよりずっといい奴と巡り会うにちがいない。だから俺がちゃんと引いてやらなきゃ——ずっとそう考えていた。この数日間」

「……に言ってんの」

そんな仮定の話をされても困る。いま前島が好きで、傍にいたいのだから、先のことを考えてなんの意味があるというのだ。

「ああ、そうだ。いまさらそんなことで悩んでたんだよ。なまじ手を出しちまったから、余計に自分が情けなかったんだ」

本気で悔やんでいるかのように見える前島を、陽平は睨みつける。

「なんでだよ。俺、べつに責任とってくれなんて、言ってないじゃん。だいたい、俺がしようって迫ったんだし」

迫って、受け入れてもらえて嬉しかった。気持ちが通じたのだと思った。

「もし俺と……男とするのが厭だっていうなら、俺……しなくても我慢するし」

我慢できるかどうか自信はないが、前島の傍にいるために努力しようと思う気持ちは本心からだった。

「そうじゃねえよ」

苦笑した前島の手が頰から背中へと移動した。ぐいと引き寄せられて、額が前島の肩につく。

前島の体温。匂い。

こんなに近くで感じるのは久しぶりで、心臓が痛いくらいに高鳴ってくる。

「その逆だ」

「……逆？」

「おまえを見てると、あのときの顔が浮かんで、どうしようもない」

「――――」

どんな表情をしているのか、確認したかった。けれど、陽平を抱いている前島の腕が阻止するかのごとく強くなり、顎を上げることすらできない。

「いい歳して、なに浮かれてるんだって自分で呆れるくらい、おまえといると落ち着かなくなる」

どういう意味だろう。

よく考えてみなければならない。でなければ、いまの前島の台詞は、陽平にはあまりに都合のいいものだった。

前島も、陽平と寝たときのことを忘れていないと。それればかりか、落ち着かなくなるほどだと、いまのはそう聞こえたのだ。

「前島……俺のこと、切りたいんじゃないんだ？」

「…………」

返事がない。

それも陽平は都合よく受け取ってしまう。

前島は自分を見るとしたくなるほど好きなのに、歳が離れすぎているから、陽平にはこれからたくさんの出会いが待っているから無理やり踏み留まろうとしている、そんなふうに聞こえてしまう。

緊張のため乾いた唇を一度舐めてから、陽平は切り出した。

「前島、俺のこと、好き?」

答えはたいして期待していなかった。

前島は、たっぷり間をあけて答えた。

「ああ。いつかおまえが、俺から離れていくんじゃないかって……疑心暗鬼になっちまうほど、おまえが好きだよ」

最後に小さく、くそっと吐き捨てるオプションがついたが、そんなものはどうでもいい。

陽平は、いままで鉛をのんだかのように重かった胸の内が、一気に晴れていくのを実感した。

前島も陽平と同じだった。好きだから、臆病《おくびょう》になっていただけだ。

「そんなこと心配してたんだ?」

両腕を前島の背中に回す。

「……よかった。嬉しい。俺、すごく嬉しいよ」

前島はどうやら顔を見られたくないらしく、陽平の額を肩から外させないようにしているが、こうなればじっとしているわけにはいかない。

「前島。俺も好き」

強引に顔を上げ、至近距離で前島を見つめる。

「離れてなんていかない」

陽平の告白に前島はいっそう不機嫌に口許を歪め、眉間にも深い縦皺を刻んだが、もう臆する理由はなかった。

ふたりとも好きなら、なんの問題もない。

陽平からそっと唇を近づける。

触れ合った瞬間、久しぶりにしたキスに鼓動は息苦しいほど早く脈打ち始めた。

どきどきする。甘い気持ちが胸にこみ上げる。昂揚に任せて、引き結ばれたままの前島の唇をなんとか解きたくて舌で辿《たど》っていった。

前島のかさついた唇を潤し、宥め、誘った。

「……金田、おまえ、我慢するんじゃなかったのか」

「無理」

前島が厭なら、我慢しようと思っていた。が、そうではないと知ったのだから我慢する必要はどこにもなかった。

「したい。いますぐ」

背中の手をそっと下ろす。その手を前島の股間《こかん》にもっていくと、前島がなにか小声で毒づいた。

たぶん「くそガキ」とかそういう悪態だったが、もう怯《ひる》まない。なおも触ろうとした陽平だったが、前島当人に阻止されてしまった。

「とりあえず、離れろ。うちに帰ってからだ」

この提案にはかぶりを振る。

「やだ。ここで一回しとく。じゃないと前島、気が変わりそうだし」

「……おまえ」

それでなくともずっとお預けを食らわされていたのだ。チャンスを逃すわけにはいかない。

ジッパーを下ろしてスラックスの中に手を忍ばせると、前島のものがぴくりと動く。

「すごく……したかったし」

前島は、これ以上止めようとはしなかった。今度ははっきりと「エロガキ」と呟いて、陽平の身体を引き寄せた。

「前島は?　したかった?」

念押しのつもりで問うと、口許に触れた唇が囁《ささや》いた。

「ああ。すごくな」

よかった。

ようやく気持ちが通じ合った喜びに陽平は安堵し、身体を震わせる。

前島のものを直接両手で包み込んだ。手の中で育っていくのが嬉しい。

ゆっくり上下させると、前島が吐息をこぼした。それだけのことに色気を感じて、昂ぶる気持ちのまま身を屈める。

「……おいっ」

直後、慌てた声とともに頭を引き剝がされた。前島は暗闇《くらやみ》でもはっきりわかるほど目尻を吊《つ》り上げていた。

「なにやってるんだ、おまえ」

いきなり叱《しか》られる理由がわからなくて、これからやる予定だった行為を正直に告白する。

「なにって、フェラチ」

全部言い終わらないうちに耳を思いっきり引っ張られて悲鳴を上げた。

「い、痛い！　なんだよ。なんで怒るんだよ！」

「セックスはまだしも、そんな単語を口にするな」

が、前島は本気で説教をする気らしい。これではせっかくのムードも台なしだ。

大人も子どもも関係ない。やりたいから、やるのだ。そう訴えるが、前島は聞く耳を持たない。したいのは喧嘩じゃなくてセックスなので、不満であっても引くしかなかった。

「……わかったよ。じゃあ、しない。触るだけならいいんだよね」

再度前島に手を伸ばす。あろうことか、前島はいまの間に自身をスラックスの中におさめていた。

「頭が冷えた。冷えさせてくれて礼を言う。こんな場所で生徒相手に不埒な真似をしそうになった己が嘆かわしいぞ、俺は」

「なに言ってんの」

急に教師ぶられても受け入れるわけにはいかない。好き合ったふたりでその気になっていたのに、いまさら「できません」なんて通るはずがなかった。

「場所なんて関係ない。それに生徒じゃない。元生徒！」

反論しながら、前島に両手で抱きつく。なんと言われようと絶対に離れてやらない。ぎゅうぎゅうと力の限りシャツにしがみついた。

「したい。いましたい。すぐしてくれなきゃ厭だ」

「おまえって奴は」

助手席から運転席の前島の膝へと無理やり移動する。両腕を背中に回し、キスを何度も仕掛け、前島をその気にさせようと躍起になる。

「金田」

前島が、喉の奥で唸《うな》った。

「まいった。降参だ。おまえはすごいよ。おまえにはかなわない。俺は、おまえに驚かされてばかりだ」

深読みせずに、褒められたものと判断する。

「退屈しないだろ」

にっと左右に唇を引くと、前島の手が腰に回った。

「退屈どころか、心臓に悪い」

抱き寄せられ、唇を塞がれて大人のキスをされる。

前島の舌は唇の内側を舐めたあと、口中を探ってきた。唾液《だえき》をすするように舌を絡められて、尾てい骨のあたりが甘く疼《うず》く。

「まえじ……ま」

「じっとしてろ」

車内に、ジッパーの音が大きく響く。期待に陽平のものは完全に勃ち上がった。

大きな手が直接性器に触れてくる。前島の性格からは想像できないほど、初めてのときも今回も優しく、じれったいほどゆっくり愛撫される。

最初のときすごく大切にされたことを思い出して、陽平は堪らない気持ちになった。

「あ……あ、気持ちい」

擦られて、さらにしがみつく。

狭いスペースがもどかしい。

「もっと……前島」

性器を前島の手に擦りつけ、自然に腰が揺れ始めた。

「ジーンズ、汚れる……脱いでいい？」

切れ切れに問うと、一瞬間があく。が、陽平がジーンズを脱ぎ捨てるのに前島も協力してくれた。

下半身が楽になると、快感に身を委《ゆだ》ねる。前島の巧みな手淫《しゅいん》に我慢などきかず、あっという間に頂点へと駆け上がった。

「あ、あ……出る」

このままでは前島のシャツを汚してしまう。頭の隅では駄目だと思ったが、射精感には抗えず前島の手の中に吐き出した。

荒い呼吸をつきながら体重を前島に預けた陽平の唇に、ご褒美のような優しいキスが触れてくる。陽平も舌を覗かせて応える傍ら、右手をそっと前島の中心へと伸ばした。

「あ……勃ってる」

まだ萎えていないことが嬉しくて思わず口にすれば、鼻を抓《つま》まれた。

「俺を年寄りだと思ってんのか」

「じゃないけど、俺のこと触って昂奮してくれたんだなって」

「そりゃするだろ」

この返答には頬が緩んだ。

なんとも思っていない相手に対して、昂奮はしない。好きじゃないと、欲しくはならないはずだ。

「あ、待って」

前島は汚れた手をティッシュで拭おうとする。引き止めた陽平は、その手を後ろへと導いていった。

「濡らしてくれたら、自分で広げるから」

前島の指のぬめりを借りて、自分で入り口を抉《こ》じ開けた。ぴりりと痛みが走ったが、やめようなんて少しも思わない。

「……ちょっとだけ待って」

息を吐いて、指を挿入しようと試みる。なかなかうまくいかず、焦りばかりが募る。

「金田」

「大丈夫……すぐだから」

早くしなければ。前島と全部したいのに、手間取っていたら前島が帰ると言いだしかねない。

それは厭だ。前島とちゃんとセックスしたかった。ふたりで気持ちよくならなければ意味がない。

「……んで」

そう思うのに、うまくできなくて苛立つ。じわりと涙が滲んできて、陽平は唇を噛んだ。

「挿んない……俺、したいのに」

自分の経験のなさがもどかしい。ちゃんと練習しておけばよかった。

「本当に馬鹿だな、おまえは」

にべもない言葉が浴びせられた。暗闇の中でも前島が仏頂面をしているのがわかった。

「——前島」

「帰るぞ」

「帰らない。したい」

どうしてもいましておきたい。

ちょっと触れれば満足するなんて思われたくなかった。最後までして、ふたりの関係が成り行きでも過ちでもないと証明したかった。

絶対やめないと上目で訴えかければ、前島は金田の両手を自身に導いた。

「心配しなくても、萎えたりしない」

「……でも、俺」

家に戻って、もし前島が我に返ってしまったらと、何度もはぐらかされてきたため不安に駆られる。

前島は構わず、陽平の身体を助手席に放り投げた。

「とにかく帰る。戻ったらベッドに直行だ」

一言だけ言い放ったかと思うとエンジンをかけた前島は、ふんと鼻を鳴らした。

「せっかく我慢してやれば、無邪気に『したい』を連呼しやがって。いいか。おまえが誘ったんだ。泣こうが喚《わめ》こうが腰が抜けるまでやるから、覚悟しておけ」

半ば自棄にも聞こえる口調だが、長く前島を見てきた陽平は勘違いなどしない。前島も、陽平としたいと思っているのだ。我慢していたけれど、もう我慢できなくなったと。

「うん。やろう」

迷わずそう答えると、前島がぶすりと口許を歪めた。不機嫌にも見える横顔に、陽平の胸は熱くなる。

「前島も俺のことすごい好きなんじゃん」

天にも昇る心地というのは、きっとこんな気持ちをいうのだろう。

好きなひとに好きと伝えて、想いが通じ合ったあとは身体を繋《つな》げたい。それは自然なことだ。言葉も重要だが、抱き合うことも同じくらい重要なのだから。

同性でも、教師と元生徒でも、歳がいくら離れていようと関係ない。自分たちは相思相愛のカップルだと確信した陽平は、前島を身近に感じながら早くベッドに辿り着くことだけを願っていた。

春は温泉

ゴールデンウイークに温泉にでも行こうか。そう言いだしたのは、葛西《かさい》だった。すでに四月に入ってからの提案だったので、もうどこの旅館もいっぱいにちがいないと半ばあきらめていたが、さすがに社長ともなるとコネがあるらしい。

立派な宿が予約されていた。

初夏の箱根は格別だ。

頬《ほお》を撫《な》でていく風の心地よさにうっとりとし、景色に目を細める。真っ青な空には雲ひとつなく、陽光にきらきらと輝く新緑と透き通った湖面は美しい。

遥《はる》か向こうには小さく、赤い海賊船が見える。久しぶりに味わうゆったりとした心地に、伊月《いつき》は風になびく髪を片手で押さえた。

「寒くないか」

運転席でハンドルを握る葛西が、そう聞いてくる。伊月はかぶりを振って、車窓の景色から葛西へと視線を移動させた。

「旅行って何年もしてないから、新鮮」

「俺もだな」

伊月の言葉に、葛西が顎《あご》を引く。

「駿《しゅん》くんを連れてってあげなかったんだ？」

伊月にしてみれば単純な疑問だったが、痛いところを突いたらしい。葛西が苦い顔をする。

「別居してからは泊まりがけで出かけることはなかなか難しくなったし、その前は仕事ばかりで……いい父親とは言えなかったな」

葛西には負い目があるのだろう。いまも息子から連絡があればなにを置いても飛んでいくのは、そのせいかもしれない。

中谷《なかたに》は「いいパパだ」と葛西のことを評していたが、本人はそう思っていないようだ。

「せっかくだからこの二泊三日、思いきり楽しもうっと」

笑顔で同意を求める。

「だな」

葛西は優しい笑みで答えてくれた。

父と息子、ふたりにはいつか語り合いながら夜を明かす日が来るはずだ。一日も早くそんな日が来ればいいと、伊月は本気で願っている。

もちろん、そのときは帰宅した葛西の土産話を聞く役目は自分であってほしいという希望も同時に持っていた。

「にしても、よく取れたね。パンフレット見たけど、人気の宿なのに」

よほど強力なコネなのだろうと水を向けると、驚くような返答があった。

「じつは中谷の紹介だ。せっかくの連休だからどこかでゆっくり過ごしたいとつい洩《も》らしたら、いいところがあるぞと翌日連絡してきた」

思いもよらない話に、中谷の顔を思い浮かべつつ伊月は目を丸くする。

「そうなんだ。案外マメなひとだね」

一度顔を合わせて以来、中谷からは何度か携帯に連絡があった。毎回食事に行かないかという誘いなのだが、中谷の意図は伊月には到底計り知れない。

葛西にとっては——同期であり別れた妻の兄という関係にある。

立場上、伊月を快く思っていないだろうと思っていた時期があったものの、すぐに杞憂《きゆう》だと気づいた。なぜなら中谷からは悪意などまったく感じられず、伊月自身に興味があるとさえ言ってくるのだ。

先日の電話の際には、

——葛西のどこが好き？

到底答えられるはずもない質問をぶつけられてしまった。

「ひとつ気になるのは」

葛西が眉《まゆ》を寄せる。

「仕事が忙しかったんでしょうがなく中谷に任せたが……あいつがただの親切心だけで骨を折ってくれただろうかってことだな」

「それは、どういう意味？」

首を傾《かし》げた伊月は、葛西の横顔に問う。

「——いや」

葛西が思案の様子を見せたのは短い間で、自分の思考を否定するかのごとく首を左右に振るとハンドルを握り直した。

「いくらなんでも、あいつもそれほど暇じゃないはずだ。考えすぎだな」

葛西がなにを頭に思い描いたのか伊月にはわからないが、いまの一言には賛同しかねる。中谷は結構暇だと伊月は思っている。暇でなければ子会社の一社員に対して頻繁に連絡してくるはずはない、と。

次期社長という地位は楽な仕事で羨《うらや》ましいとまで思ったほどだ。

だが、それについて葛西にはなにも言わずにおいた。あえて中谷の話で盛り上がる必要はない。

「もうすぐ着く。着いたらそのあたりを回ってみようか」

「そうだね」

ふたりきりの旅行だ。ふたりのことで楽しまなければ。

まもなく旅館の表看板が見えてくる。細い坂道を下っていくと、砂利道になり、目の前に平屋建ての旅館が現れた。

文句なく素晴らしい宿だ。純和風の外観の重厚さといい、どこか懐かしさを感じる木の香り漂うロビーの雰囲気といい、伊月がこれまで宿泊してきた中ではもっとも上品で風格がある。さすが中谷の紹介してくれた旅館だけあった。

パンフレットには、もとは華族の別荘を改築した宿とあり、大正の建築当時はさぞ豪奢《ごうしゃ》だっただろうと想像できた。

葛西とふたり、これ以上ないほどいい休日が過ごせそうだ。肩を並べて正面玄関から宿に足を踏み入れた伊月は、覚えず小さく声を上げた。

「どうしたの？」

葛西が不思議そうに顔を覗《のぞ》き込んでくる。

無言でかぶりを振った伊月は、たったいま目で見た光景を自分で否定した。きっと見間違いだ。そうにちがいない。自身に言い聞かせ、恐る恐る視線をふたたび「それ」へと向けた。

「チェックインをすませてくる。ここで待ってて」

葛西が伊月から離れる。

伊月は、嘘《うそ》だろと呟《つぶや》き、目の前の「現実」に愕然《がくぜん》とした。

「……なんで」

声を発したせいで、相手も足を止めてこちらを向いた。伊月と目が合うと、彼は鳩《はと》が豆鉄砲を食らったかのごとき表情になった。

「なんで伊月がここに？」

当然の質問だ。伊月もいま、それを考えている。

「……それは、こっちの台詞《せりふ》。どうして成堯《なりあき》がここにいるんだよ」

信じがたいことだが、目の前に立っているのは弟である吹雪《ふぶき》の恋人・成堯だ。

伊月はすぐさまロビーの隅に引っ張っていくと、どういうことだと詰め寄る。成堯は驚愕の事実を告げた。

「いい宿を紹介するから、たまには恋人を旅行にでも連れてってあげなさいって、つい一週間前に電話があって」

ある意味、納得できる返答だ。紹介されなかったら、一週間前にこれほどの宿を予約できるわけがない。

「それって、もしかして……吹雪もいるってこと？」

わかりきった問いかけをした吹雪に、成堯は躊躇《ためら》いがちに頷《うなず》いた。

「あ……ああ。いま部屋にいる。俺は、車に忘れ物したから」

伊月はこめかみを押さえつつ、一番肝心なことを尋ねた。

「その電話くれた人っていうのは——」

「中谷副社長だけど」

「…………」

やっぱりだ。こんな酔狂な真似をする人間はそうそういないだろう。あのひとはいったい——なにを考えているのか。

伊月はポケットから携帯電話を取り出し、こちらからかける機会はないとアドレス帳には登録していなかったナンバーを着信履歴から選択し、ボタンを押した。

すぐにやわらかい、穏やかな声が返ってくる。

『今日は雹《ひょう》でも降りそうだ。伊月くんから電話があるなんて』

今日も暇そうな中谷に、伊月は一度深呼吸してから切り出した。

「あの……いきなりかけて申し訳ありません。お尋ねしたいことがあったので」

『いいよ。なんでも聞いて』

中谷の機嫌はいい。というより、不機嫌な顔を見たことがない。

「五十嵐《いがらし》がここにいるのですが、これはいったいどうなっているのでしょうか」

意を決して水を向けた伊月だったが、拍子抜けするほど安穏とした返答がある。

『ああ。もう会ったの？』

中谷に悪びれたところは微塵《みじん》もない。いつも同様、育ちのよさの滲《にじ》んだのんびりとした口調で言葉を重ねていく。

『きみ、前に弟さんを気にしてるようなこと言ってただろう？　気になることは早く解決すべきだと思って、僕が一肌脱ぐことにしたんだよ』

厭《いや》な予感がする。いや、厭な予感しかしない。

「それはもしかして吹雪と……」

言い淀《よど》んで言葉を切ったが、中谷が先を続けていった。

『弟さんと葛西を会わせるいい機会じゃないか？　旅先でばったりというのが、お互いリラックスしているし開放的にもなっているし、ベストなシチュエーションだと思うんだ』

まるで善行を施したと言わんばかりの様相に、脱力する。にこにこと愛想のよい笑顔まで脳裏にはっきりと浮かべることができる。

大きなお世話だ。本当は面白がっているだけじゃないのか。

と、言ってやりたいものの、抗議できるような相手ではないし、抗議したところで無駄のような気がして、伊月はため息を噛《か》み殺す。

「……どうも……ありがとうございました」

中谷は、ふふと笑った。

『いやいや。このくらいなんでもないよ。なにかあったら、またいつでも相談してくれ』

挨拶《あいさつ》を最後に電話を終える。中谷にはよけいな話は二度としないと決心しながら。

「伊月、本社の副社長のケー番知ってるのか」

感嘆する成堯に、知りたくなかったよと心中で反論しつつ伊月は改めて向き直った。

こうなった以上、しようがない。やるべきことはひとつだ。うまくことを運ぶためには、成堯の協力が必要だった。

「とにかく、おまえらとは顔を合わせないようにしたい。絶対に、だ」

伊月の提案に、成堯が深く頷いた。

「顔を合わせるのは、俺もあんまり気が進まない」

気が進まないどころではない。せっかくの旅行なのに面倒な事態にしてくれたと中谷を恨みたいほどだ。

せっかくふたりきりになれた旅行先で、知った顔を見たくはなかった。それが成堯と吹雪ならなおさらだ。

先刻の葛西の言葉は、虫の知らせというものだったのだろう。

「いいか。なにがなんでも避けるぞ。できるだけ部屋から出るな。大浴場に行くときは時間をずらす。それでもニアミスしそうになったときは、即座にどちらかが回避すること。わかったな」

ぴしゃりと告げた伊月に、成堯が不安げに眉根を寄せた。

「うまくいくだろうか」

「いかせるんだよ」

おまえも俺たちの顔を見たくないだろうと、暗に脅す。

「……そうだな」

成堯は硬い表情で唇を引き結んだ。

「それじゃ」

踵《きびす》を返して成堯と別れ、もとの位置まで戻った。タイミングよくチェックインを終えた葛西が、伊月のもとへやって来る。

「離れのようだ」

「あ、そうなんだ」

笑顔で答え、ちらりと視線を背後に走らせると、成堯が背中を丸めてこそこそと外へ出ていく姿が見えた。

伊月はもう二度と顔を合わせないように祈りながら、成堯の存在を頭から追い出した。邪魔は入ったものの、待ち望んでいた旅行にはちがいないし、ぜひとも愉《たの》しい旅行にしたい。きっとしてみせる。

仲居に案内され、離れへと向かう。石畳を渡りつつ、両手に望む中庭の景観の美しさには目を見張った。

日本庭園の真ん中を流れる川のせせらぎに、たったいま遭遇したアクシデントなどすっかり忘れてしまう。

「こちらです」

生垣に囲まれた離れに到着した。門扉をくぐり、室内へと案内されると、畳の匂いにほっと伊月は息をついた。

数奇屋《すきや》造りの離れは、ふたりで使うには贅沢《ぜいたく》だ。部屋は四つあり、広々としている。

「わ、露天風呂があるんですね」

「はい、富士山がご覧いただけます」

仲居の言葉に窓の外に目をやれば、露天風呂の向こうに山の頂が見える。露天風呂から眺める富士山は格別だろう。

「露天風呂と大浴場、両方入ろう。ね、葛西さん」

葛西を振り返り同意を求めた。

「そうだな」

葛西が苦笑する。その意味に、伊月も気づいた。

うっかりしていた。仲居がまだそこにいるのだ。大浴場はまだしも、露天風呂はおかしい。一緒に入ろうと誘っているかのように——実際そのとおりだったのだが——聞こえたにちがいない。

かあっと頰が熱くなる。

「あとはこちらで適当にやりますので」

すぐさま葛西がそう言ってフォローしてくれたおかげで、恥を長引かせずにすんだ。お辞儀をして仲居は去っていった。

「……ごめん。俺、浮かれすぎてた」

それでなくとも、どんな関係なのかと不思議に思われてもしようがなかった。歳《とし》が近ければ友人同士に見えるが、葛西と伊月では難しい。

歳の離れた兄弟という設定も、たったいま伊月が台なしにした。

「構わないよ。それより、他人の目を気にして愉しめないほうがつまらないな」

これには伊月も同感だった。旅の恥は掻《か》き捨てというし、せっかくだからこの三日間は自分たちのことだけを考えようと、開き直ることにする。

「どう？　部屋は気に入った？」

「もちろん。中谷さんには感謝だね」

窓際から離れた伊月は座椅子に腰を下ろすと、茶の用意を始めた。

「こういうの、やってみたかったんだよね」

子どもの頃、家族で旅行に出かけたとき、みなに茶を淹《い》れるのは母の役目だった。添えてあるご当地ならではの菓子はことのほかおいしくて、いつも吹雪と取り合いになった。

「はい。どうぞ」

茶托《ちゃたく》に湯呑《ゆの》みをのせ、温泉饅頭《まんじゅう》と一緒に葛西の前へと置く。伊月も茶をすすり、饅頭を頬張った。

「たまに食べる饅頭って、すごくおいしいよね」

甘党ではないので、ケーキや饅頭を口にする機会は稀《まれ》だ。だからこそ、たまに食べると、口の中に広がる甘みに心まで癒される。

「場所のせいもあるかもな」

葛西の返答に、なるほどと納得する。旅先では、その土地の名産を食すのも大きな愉しみのひとつだろう。

「食事までまだしばらく時間があるから、そのへんを見て回ろうか」

「そうだね」

「どこに行く?」

「ロープウェイに乗りたい。で、ここ行こうよ」

宿のパンフレットにある簡単な地図をテーブルに広げ、指差した。

「大涌谷《おおわくだに》。黒たまご食べよう。一個で寿命が七年延びるんだって。葛西さんには長生きしてもらわなきゃね」

「なんだ。年寄り扱いする気か?」

「そんなんじゃないけど」

葛西の手が伸びてきて、伊月の髪をくしゃくしゃと搔き混ぜる。笑いながら伊月は、その手に自分の手を重ねた。

「若い奴にはないよさを教えてやろうか」

「十分教えてもらってますから」

「まだ不十分だな」

「ほんとに？　どうなっちゃうの、俺」

他愛のない会話をしながら、テーブルの上に身体《からだ》を乗り上げるようにして唇を葛西へ近づける。

「伊月」

指を絡ませたままキスをする。すぐにやめるつもりだったのに、唇を何度か触れ合わせているうち、口づけは自然に深くなっていく。

テーブル越しなのがもどかしい。

「……んっ」

「まずいな」

葛西の一言に、伊月も同感だった。

「……これ以上はやめとかないと、せっかくの黒たまごにありつけなくなるね」

すでに息が上がっているが、自制心を手繰《たぐ》り寄せて身体を退く。葛西が親指で濡《ぬ》れた口許《くちもと》を拭《ぬぐ》う仕種《しぐさ》を前にしてすぐにでも続きをしたくなったものの、なんとか目をそらしてお茶を飲み干した。

「葛西さん、行こう」

部屋にふたりでいる状況を避ける意味でも、伊月は腰を上げる。

観光気分を満喫するため、葛西とともにすぐに旅館をあとにした。

どうやら人気スポットのようで、ロープウェイに乗るには列に並んで順番待ちしなければならなかった。眼下に見える剝《む》き出しの山肌から白煙が上がる様子は圧巻で、これだけでも待っただけの甲斐《かい》はあったと伊月は満足した。

硫黄の匂いは凄《すさ》まじく、地獄谷という名前も合点がいく。みなの目的はやはり黒たまごらしく、売店でも飛ぶように売れていた。

「せっかくだからあそこで食べようよ」

伊月は示した山の中腹にはたまご茶屋があり、行楽客が集まっている。

伊月たちもたまご茶屋を目指し、自然研究路と名づけられた遊歩道を歩いて上がった。日頃運動不足の身にはけっして楽ではない傾斜なのだが、何事も旅の記念だ。息を上げ、背中にうっすら汗を掻いて、ようやく到着する。

「一袋ください」

並んでようやく手に入れたたまごは黒たまごというだけあって真っ黒だった。この場で食べていくひとも多く、伊月も倣うことにした。

「熱いから気をつけて」

葛西に手渡し、殻を剝いて頰張る。外でものを食べるのは子どもの頃以来なので、硫黄の匂いのする風と黒たまごを十分に堪能《たんのう》する。

「なんだか、すごく開――」

開放的な気分だと続けるつもりだった。けれど、途中で黒たまごと一緒に言葉を呑み込んだ。

「……っ」

驚きのあまり、黒たまごが喉《のど》に詰まる。咳《せ》き込みながら、伊月の頭の中は疑問でいっぱいだった。

どうしてここで会う？　よりにもよってなぜ同じ時間に黒たまごを食べに来るのか。

目を疑ったが、見間違いではない。たまご茶屋に並ぶ列の中に、伊月は成堯と吹雪の顔を見つけた。

成堯と視線が合う。成堯もぎょっとしたようで、慌てて吹雪からこちらが見えないよう身体の向きを変えた。

「大丈夫か」

葛西が背中を叩いてくれる。

「大丈夫。でも……なんだか、疲れたかな」

これ以外、伊月に言えることはなかった。急いで宿に戻らなければ、四人で顔を合わせるはめになる。それだけは避けたい。

「少し休む？」

かぶりを振ると、伊月は葛西の腕に手を置いた。

「それより、宿に帰りたい。駄目かな」

「帰る？　――べつに構わないが」

「じゃ、早く」

葛西の手を引っ張る。不自然な態度は重々承知のうえだが、悠長にしている場合ではなかった。とにかくこの場を一刻も早く立ち去るのが先決だ。

「疲れたから、帰って、露天風呂に入ってすっきりしたい」

「大浴場はそのあと？」

「今日はやめとく。露天風呂だけ」

やばい気がする。大浴場に行けば、そこでも成堯と吹雪と鉢合わせしそうで――いや、きっと会うだろう。そんな予感がする。

今日は部屋から出ないほうがいい。

「葛西さん、急いで」

急《せ》かす伊月に葛西は不思議そうな顔をしたものの、あえて詮索《せんさく》してくることもなく、ふたりで旅館へ戻った。

離れに着くと、ようやく伊月はほっとし、身体の力を抜いた。部屋にこもっている限り安心だ。

「体調が悪い？」

葛西の問いかけに、かぶりを振る。心配をかけてしまったことには罪悪感が芽生えるが、事実を話す気にはなれなかった。

「大丈夫。ちょっと硫黄に酔ったみたい」

苦笑した伊月に、よかったと葛西が安堵《あんど》の様子を見せる。かと思えば、

「待ってて」

その一言で部屋を出ていこうとする。咄嗟《とっさ》に、伊月は葛西の上着の裾《すそ》を摑《つか》んで引き止めた。

「……どこ行くの？」

部屋から出られたのでは、早々に戻ってきた意味がない。

「食事のときに女将《おかみ》が顔を出してくれることになっているんだが、一応、こちらからも挨拶にと思って」

確かにそうすべきだろう。普段の伊月ならば、笑顔で見送るところだ。が、ちょうど戻ってきた吹雪たちと葛西が鉢合わせしたらと厭な想像が頭に浮かんでしまい、上着の裾から手が離せなかった。

「伊月」

葛西が怪訝《けげん》そうに首を傾ける。

「あ……ごめん」

不審に思うのは当然だ。どうしようかと迷いつつ、伊月は睫毛《まつげ》を伏せた。

「どうかしたのか」

葛西が、伊月の前で腰を折った。顔を覗《のぞ》き込まれて、いよいよ追い詰められる。

「あー……えっと、葛西さんと一緒に露天風呂に入りたいなって、言いたかったんだ」

「――いまから?」

葛西が目を丸くした。

当然だろう。女将への挨拶の間も待てないと言っているようなものだ。自分で口にしておきながら、これはあまりに恥ずかしい誘いだったと頰が熱くなる。

しかし、背に腹は代えられない。葛西を外へ出さないためなら、多少の恥ずかしさくらい耐えられる。

「伊月」

葛西が伊月の頰に手を触れさせた。名前を呼んでくる声も、ベッドに誘うときのように甘くなる。

髪へのキスと同時に、伊月の腰に腕が回された。

「……葛西さん」

「露天風呂に入って、どうしたいの?」

引き寄せられ、身体が密着すると鼓動は息苦しいほど早くなる。葛西を引き留めるのが目的だったが、それも二の次になる。

シャツが肩から滑り落ちた。

「両手を上げて」

言うとおりにすれば、その下のタンクトップもまくり上げられ、頭から抜かれた。

寒さのせいではなく、ぶるっと身体が震える。

「あの……さ」

「なに？」

葛西の手は、すでにジーンズの釦《ボタン》にかかっている。

「やっぱり、まだ明るいし」

自分から誘ったものの目的は別にあったので、いまさら戸惑いが込み上げた。葛西はふっと目を細めると、伊月の顔を窺《うかが》いつつジッパーを下ろした。

「伊月が誘ったくせに？」

「誘っ……てなんか」

「ない？」

意地悪く問われれば、返答に困る。黙り込んだ伊月の耳許に、葛西が唇を近づけた。

「俺は誘われたけど？」

「…………」

低く囁《ささや》かれただけで、身体の芯に火がつく。こうなってしまえば、葛西と抱き合うことになんら躊躇《ちゅうちょ》はない。

葛西の言うとおり伊月が望んだのだ。昼間の明るさも、どうせ途中からは気にならなくなるだろう。

「葛西……さん」

今日二度目のキスをする。今度は途中でやめる気はない。

舌を絡め、吸い、お互いを高め合う。

身体をまさぐり合って、息を乱し、伊月は葛西の胸にすがりついた。下着の上から性器を愛撫《あいぶ》され、身体じゅうが震えてくる。

これでは露天風呂まで辿《たど》り着けないかもしれない。

「あ……」

「いい？」

「う……んっ」

素直に認める。葛西に触られると、身体のコントロールが効かなくなる。あっという間に昂《たか》ぶって、自分ではどうにもできない。

「葛西さ……」

もっとと促すために葛西の名を呼んだ。直後、葛西の手が伊月から離れた。中途半端な状態で放り出されて、伊月は思わず葛西に恨めしげなまなざしを投げかける。

「いいところだったのに」

葛西がため息とともにこぼした一言がどういう意味なのか不思議に思っている間に、伊月の耳にもようやくドアチャイムの音が届いた。

誰か来たようだ。

仲居か……もしかしたら女将が早々に挨拶に来たのかもしれない。

「知らん顔してもいいが」

魅力的な提案だったが、それをしてもいいかどうか、思案の余地はなかった。

「駄目だって。変に思われても困るし」

離れ難い身体を、伊月のほうから離す。

なんとか他へ意識をそらしながら衣服を整えたが、こんな状態では人前に顔を出せるはずもないので別室で待つことにする。

葛西が玄関に向かい、伊月は隣室に入ると襖《ふすま》を閉めた。

「すみません。おくつろぎ中にお邪魔してしまって」

が、そのあと聞こえてきた声には、驚かずにはいられなかった。せっかく伊月が頑張ったのに、すべて水の泡だ。

「同じ宿にいてご挨拶くらいはと……その……吹雪が」

成堯の声は、徐々に消え入るほどになる。おそらく伊月の怒りを想像しているからだろうが、事実、伊月は怒りに燃えていた。

あれほどお互い会わないようにしようと約束したのに。

どうせ吹雪にばれて、挨拶くらいはしたほうがいいと勧められてのこのこやってきたにちがいない。それにしてもタイミングが悪すぎる。

「その……吹雪がよろしくと。本当は一緒に来たがったんですけど……いきなりで驚かせてもと思いまして」

しどろもどろになる成堯に、伊月は握りこぶしをつくった。

吹雪を押し留《とど》めるだけの気をきかせられるなら、がばっと押さえ込んで有無を言わせないくらいの気迫を見せてほしかった。それができないのなら適当に時間を潰《つぶ》して戻って訪ねたふりをするとか、機転をきかすことも可能だったはずだ。

成堯は相変わらず馬鹿正直だし、肝心なところで押しが弱い。

「なるほど」

葛西の声は冷ややかだ。

邪魔をされたのだから当然だった。きっといま頃腹の中で、厭な予感は当たったと中谷の顔を思い浮かべているだろう。

「すみません……すぐ帰ります」

「ああ、ぜひそうしてくれ」

「本当にすみません」

消え入るような声音で何度目かの謝罪をした成堯に、伊月は我慢できずに襖を開け放った。

「なにしてんだよ！　あれほど言っといたのに」

成堯が身をすくめる。

「だから、ごめんって」

「約束しただろ！」

「わかってる。でも、吹雪が――」

「吹雪吹雪って――おまえ」

身を縮める成堯を前にして、文句を言う気力も失《う》せた。吹雪の一言を律義に実行してしまう成堯は、まるで忠犬のごとしだ。

呆《あき》れて、かぶりを振った。直後、成堯の視線が一点で止まっていることに気づいた。伊月が下を見ると、あろうことかジーンズのジッパーが全開になっていた。

「……ぅわ」

「ごめんっ……本当にごめん！」

慌てて成堯は踵を返す。

伊月も、逃げるようにふたたび隣室へ飛び込んだ。

最悪だ……。こんな恥ずかしい思いをするなんて。なにもかも成堯のせいだ。

屈辱感に震えながら膝《ひざ》を抱えて丸くなる。

「伊月」

襖が開き、葛西が入ってきた。

葛西は背中から伊月を抱いて、伊月の肩に顎をのせた。

「知ってたのか？」

「……うん。ばったり会って」

嘘をついていたので、心苦しい。ますます背中を丸めると、葛西は苦笑した。

「なるほどな。鉢合わせしないようにしてたってわけか。どうりでちょっと様子が変だったはずだ」

「……だって、つまんないじゃん。せっかくふたりきりなのに……知った人間に会うのって」

こういう結果になったのだから意味がない。葛西を振り回してしまっただけだ。

「ごめんなさい」

謝罪すると、耳元に吐息が触れた。思わず身体を跳ねさせれば、葛西は耳朶《みみたぶ》に唇を押し当てる。

舌で辿られ、息を呑む。触れ合っている背中もぞくぞくしてきた。

「葛西……さん」

「じゃあ、もう会わないよう部屋にこもってようか」

「どうする？　それならずっとふたりきりだ」

そそのかすような甘ったるい声で囁かれると、伊月の理性なんて脆《もろ》いものだ。迷う余地もない。

「伊月、どう？」

再度問われて、伊月は頷いた。

「……そうする」

ずっと部屋でふたりきり――想像しただけで胸の奥が震え、蕩《とろ》ける。

「決まりだ」

葛西がほほ笑んで、伊月を抱いたまま立ち上がった。伊月は唇を、そっと葛西へと近づける。

「葛西さん」

両腕を葛西の背中に回しながら名を呼ぶ声には、もちろんありったけの愛情を込めた。

「布団、敷こうか」

「うん」

葛西も伊月も普段はベッドだ。そのため、布団を敷くというひと手間が、伊月の胸をさらに高鳴らせる。

「ぁ……」

緊張と期待。もちろんじれったい気持ちもそこにはある。

押入れを開けて布団を敷いた葛西が、意味深長な上目を流してきた。

「いいな。こういうの」

返答せずにいると、さらに直截《ちょくせつ》な一言が発せられる。

「いかにもいまからしますって感じが、堪《たま》らないと思わないか？」

かあっと身体じゅうが火照った。

葛西には伊月が同じことを考えていたとわかったのだろう、布団を敷き終わったその手でうなじに触れてきながら、目を細めた。

「いまから抱くけど、いい？」

明るい場所で伊月がまだ少し躊躇しているのを知っていて、わざと意地の悪い質問をしてくる。

「……葛西さん、今日、変」

羞恥心から視線をそらして責めると、さらに意地の悪い言葉が重ねられた。

「そう？　旅先でちょっと昂奮《こうふん》してるのかな。ああ、それと、伊月の身体を全部見ることになるから」

これが言葉責めというヤツかと思えば、走って逃げだしたい衝動に駆られる。伊月は羞恥に耐えきれず、自分から葛西に抱きついた。

「いつも、見てるだろ」

自分ですら見たことのない場所を、葛西にはすべて曝《さら》け出している。恥ずかしくて堪らないが、それ以上に抱き合いたい気持ちが強いのだからしようがない。

「ああ」

うなじの手が、背中へと滑っていった。吐息が触れるほどの距離で見つめられて、早くキスをしたくなる。

「いつも見てるし、これからも見る」

「……葛西さん」

伊月から口づけた。舌先で葛西の唇をほどかせ、口中に忍ばせる。舌を絡め合っただけで、腰が疼《うず》いた。

「……ん」

身体を擦《こす》りつけ、先を促す。シャツの釦を外すのでさえもどかしい。

旅先で開放的になっているのか、まだ明るいせいか。いや、たぶん「ずっとふたりきり」という言葉のせいだろう。自分でも驚くほど昂ぶるのが早くて、欲望にまかせて葛西の前に膝をついた。

スラックスの前を開き、頭をもたげ始めた性器を両手で包む。手の中で質量を増す葛西が愛《いと》しくて、迷わず口をつけた。

先端を含み、愛撫する。喉まで迎え入れると、さらに大きくなった。

「ん……ぅ」

舌と唇を使い、技巧を尽くす。葛西に気持ちよくなってほしいし、そうすることで伊月自身も気持ちが昂ぶってゆく。

「伊月」

葛西が甘い吐息とともに伊月の名を呼んでくる。同時に、伊月の身体は布団の上に横たえられていた。手際よく身につけているものを剝《は》ぎ取られ、あっという間に葛西の前に全裸をさらす。

葛西が、ふっと口許を綻《ほころ》ばせた。

「そんなにしたかったのか」

「……っ」

決めつけた言い方をされて、羞恥心から唇を嚙んだ。けれど、ごまかしようはない。伊月のものは期待に震え、触れられないまま蜜《みつ》をあふれさせていた。

「一度いくか?」

性器を撫でられる。

「あ――」

伊月はかぶりを振り、早く繫《つな》がってしまいたい一心で葛西の手を奥へと導いた。

「葛西さんで……いかせて」

身の内に受け入れる行為は、伊月に苦しさと快楽を与える。やがて苦しさまでもが快感へと変わり、自分のすすり泣く声と葛西の息遣いだけがすべてになる。

その瞬間、言葉では言い表せないほどの強烈な愉悦に伊月は溺《おぼ》れる。

頭の中は真っ白になって、高い場所に押し上げられるような、深い海の底に沈むような——不思議な感覚だ。

「俺の我慢がきかなくなるって、わかっててやってるんだろう?」

葛西の指が入り口を撫でた。それだけで震えるほどの快感が背筋を駆け抜ける。

「ん……わか……てる」

三日間ずっとふたりきりだという事実が、たぶんこれほど伊月を大胆にさせるのだ。自分から脚を開いて、さらなる行為を促した。

「悪い子だな」

二度目に触れられたときには、滴《したた》るほど入り口を濡らされた。いつの間にローションを用意したのか、葛西の周到さに驚いたが、それもすぐにどうでもよくなった。

「あぅ」

指が狭い場所を広げてくる。普段の葛西からは考えられない性急さに、伊月は唇に歯を立てて耐えた。

「あ、あ……」

道をつくる目的の行為でも同じだ。いつもより少し急いでいるぶんだけ、急激に与えられる刺激に身悶《みもだ》えする。しかも伊月が望んだとはいえ、性器には少しも触れられない。

いくらもせずに音を上げ、伊月は涙の滲んだ瞳で葛西に訴えた。

「も、いい……いいから」

なのに、今日は聞き入れられない。指は奥へと進み、内壁を強く擦られた。

「やぁ……う……んっ」

涙がこぼれ落ち、こめかみを伝わっていった。

「や……どうし……」

これ以上我慢するのは無理と、手を自身にもっていったが、辿り着く前に葛西に捕えられてしまう。

視線で責めた伊月に、葛西は淫猥《いんわい》な様子で舌先を覗かせた。

「ねだって」

「葛……」

「どうして欲しいか、伊月が言って」

できないという意味で睫毛を瞬《しばた》かせたのに、葛西は気づかない。気づかないふりをしているのかもしれない。

「伊月」

大人の色気のたっぷり含まれたまなざしが舐《な》めるように肌を辿っていくさまを前にして、抗《あらが》うことなどできなかった。

「さわ……て。挿――れて。奥まで」

命じられるままに掠《かす》れる声でねだる。自然に脚が開いていた。

葛西はわずかに眉を寄せると、伊月の脚を膝が胸につくほど抱え上げる。

「うぅ……んっ」

入り口に熱が触れた。反射的に息を吐くと、熱は強引に伊月の身体を割ってきた。

「ん……あぅ」

伊月の呼吸に合わせて挿《はい》ってくると、ゆっくり進んできては止まる。くり返されて、深い場所まで満たされた。

「いい感じだ」

うっとりと葛西は囁き、ぐいと最後に突き上げた。圧迫される息苦しさと眩暈《めまい》がするほどの快感に伊月は大きく胸を喘《あえ》がせ、一度目のクライマックスを迎えていた。

「ご……め」

謝ると、宥《なだ》めるように舌が唇を辿る。それにすら感じて、伊月は震えた。

「謝らなくてもいい。欲しかったんだろう？」

「ん」

嘘をついても無駄だ。葛西にはすべて見せているのだから。

素直に頷いた伊月を葛西はいい子だと褒めてくれる。

「さっきは……悪い子って言った」

切れ切れにそう責めると、くすりと笑みが返った。

「悪い子でもいい子でも、伊月はいつも可愛《かわい》いよ」

「葛西……さん」

身体と心がどうしようもなく疼き、濡れる。じっとしていられなくて伊月から身動《みじろ》ぎし、葛西を促した。

まだぜんぜん足りない。もっと葛西が欲しい。

伊月の気持ちが伝わったのだろう、布団の上の伊月の手に自身の手を重ねた葛西は、しっかりと指を絡めてきた。

優しく揺すられて、濡れた声を堪《こら》えられない。

「や……ぁ」

「すごくいい」

「あ、あ……葛西さ……」

苦しさが快感へと変わる。掻き抱かれて、頭の中にも視界にも霞《かす》みがかかる。

「も……」

「もっと欲しい？」

「うんっ」

身体は燃えるように熱い。葛西でいっぱいで、他のことなんてもうどうでもよくなった。こぼれ出るのは、快楽に溺れた意味をなさない声だけだ。

「——三日間」

葛西が、耳元でゆっくり言葉を紡いでいく。

「温泉に入りながら、食欲を満たして、厭というほど性欲も満たす。最高だと思わないか」

最高だ。誰にも邪魔されず、ふたりだけで快楽を貪《むさぼ》る三日間。爛《ただ》れた三日間は、伊月をこのうえなく満足させてくれるだろう。

「どう？」

答えなどとっくにわかっているくせに、葛西が甘く伊月に問う。

伊月は返事の代わりに口づけを深くし、より深い場所へと葛西を導いたのだ。

夜ごと愛は降る

「はい？」

五十嵐成堯《いがらしなりあき》は、一瞬我が耳を疑い、目の前に立つ男に問い返した。いや、それ以前に呼び止められるとは思っていなかったので、驚きを隠せなかった。

本日、取引会社であるＡＺの社長自らがＡＩＣの会議に参加する——という話は事前に聞かされていたものの、まさか個人的に声をかけられるとは思ってもいなかった。

この不景気の中、三年連続で右肩上がりに業績を伸ばしているＡＺの社長、葛西紘一《かさいこういち》は、会議を終えたあとまっすぐ成堯へ歩み寄ってきたのだ。

そして、開口一番の台詞《せりふ》が、

「五十嵐くん、今日仕事が終わったら飲みに行かないか」

これだったのだ。耳を疑うのは当然だろう。

「都合が悪いか」

答え淀《よど》んだ成堯は、重ねて問われて首を横に振った。

「え……あ、いいえ」

葛西は満足そうに頷《うなず》くと、早速具体的な話に入った。

「それはよかった。七時に正門の前でどうだ？　間に合いそうか」

「——はい。大丈夫です」

今度はすぐに返事をする。ＡＺの社長が無駄を嫌う男というのは有名な話だ。

「それじゃあ、あとで」

まるで旧知の仲でもあるかのようなにこやかな笑みで成堯の肩に手を置くと、葛西はその場を離れていった。

去っていく後ろ姿を呆然《ぼうぜん》として眺める。なぜ飲みに誘われたのか、成堯にはわからない。

以前、葛西に言われた言葉が頭をよぎった。接待の席で、隣には課長も座っていた。伊月《いつき》がAICからAZに出向してまもなくの頃だ。

——多少なりとも齧《かじ》った経験のある人間に変えてくれないでしょうか。こちらも、赤子に一から教えるような暇はないんですよ。

——ホープかどうかは、この場合関係ないと思うのですが？

葛西の成堯を見据える双眸《そうぼう》には一点の同情どころか、わずかの躊躇《ちゅうちょ》もなかった。他社の担当者である成堯を外せと、平然と言って退《の》けたのだ。成堯自身戸惑い、そのあと課長が葛西に対する文句をこぼしても相槌《あいづち》さえ打てなかった。

少しでも葛西に躊躇が見えたなら、成堯は課長に同意していただろうし、やらせてくれと食い下がっていたかもしれない。

——藤井《ふじい》も苦労しているだろうな。

実際は、課長のその言葉にも一言すら返せなかった。

なぜなのか。当初はあやふやだったが、いまはちゃんと理解している。葛西に迷いがなかったのは、それが最善の決断をしているという信念があったからなのだ。

あのときは、社員である伊月を守るためだった。葛西がどの程度成り行きを知っていたのかわからないが、成堯を見た伊月が顔色を変えたことをちゃんと見ていたのだ。

ある意味、伊月は大変な男に捕まったのかもしれない。もっとも、葛西だからこそ伊月は惹《ひ》かれたのだろう。

伊月の相手が葛西だと確信したのは、台湾の取引先とのトラブルが起きた際、伊月が単身でＡＩＣまでタクシーを飛ばしてきたときだ。

伊月のあれほど取り乱した表情を初めて目にした成堯は、伊月にとって葛西が単なる会社の社長というだけではないと確信した。

成堯はなにも言える立場にはないとはいえ、安堵《あんど》を覚えたのは事実だった。どれほど謝っても謝りきれないほど酷《ひど》いことをしたが、伊月はしっかり自分で立ち直っていたのだと嬉しくなった。

吹雪《ふぶき》に会いにマレーシアに行くよう許してくれた夜もそうだ。

おそらく伊月の恋はまだ叶っていなかったのだと思う。伊月はそういう奴だ。自分が大変なときでも、他者を頑張れと励ます懐の深さがある。

同じ兄弟でも吹雪とはちがう。

吹雪は、自身の感情を身の内に溜《た》め込むタイプだ。油断していたら、背を向けられて逃げられてしまう。そうならないようしっかりと捕まえておかなければいけない。

「…………」

まさか葛西はいまになって、伊月のことで成堯を責めようとでも思っているのだろうか。

いや、いくらなんでもいまさらそんなことはしないはずだ。最近の伊月を見ていると、とても幸せそうなのだから。

だったら、いったいなんの用があって……。

怪訝《けげん》に思いながら会議室を出た成堯は、その後通常の仕事に戻った。

約束の七時まで残り十分ほどになって、慌てて鞄《かばん》を摑《つか》むと外へ飛び出した。まさか取引先の社長を待たせるわけにはいかない。懸命に正門まで走った成堯が、まだそこに葛西の姿が見えないことにほっと息をついたとき、ちょうど駐車場にタクシーが入ってきた。

後部座席のドアが開いて、手を上げたのは葛西本人だ。緊張しながら成堯は歩み寄り、葛西に頭を下げた。

「本日は――お誘いいただきまして」

「堅苦しい挨拶《あいさつ》はなしにしよう」

葛西は成堯を制して、乗るように促す。隣に身を滑らせると、すぐにタクシーは動き始めた。

「最初に断っておくが、仕事抜きのつもりだからタクシーで来た。きみも仕事の話をしないように」

「あ……はい」

最初に釘《くぎ》を刺されて同意したものの、ますます緊張する。プライベートで自分にどんな用事があるというのか、気にならないわけがない。

いったいどこへ連れていかれるのかと緊張しているうちに、タクシーが停まった。タクシーを降りて路地に入っていくと、葛西は一軒の店の暖簾《のれん》をくぐった。葛西のことだ、さぞ高級店を使うのだろうと想像していたが、意外に敷居は高くなく、ビジネスマンの多い店だった。

常連なのか、店内に入るなり親しげに従業員が葛西に話しかけ、一番奥の座敷まで案内してくれる。入り口横の大きな生《い》け簀《す》を尻目にあとをついていき、個室へと入った。

隣室は家族連れなのか、子どもの声が聞こえてくるが、騒がしいというほどでもない。成堯が子どもの頃など、レストランでじっとしていられなくてよく父親に叱《しか》られたものだ。

「俺は生ビールをもらおうか。五十嵐くんは？」

「あ……じゃあ、同じもので」

腰を下ろすと早速ビールと肴《さかな》になる料理を注文して、葛西は上着を脱いだ。

「脚を崩して楽にしよう。言っただろう？　仕事は抜きだって」

ここでもそう言われて成堯も開き直る。緊張ばかりしていたら身がもたない。

上着を脱ぐと、胡坐《あぐら》を組んだ。

「いや、最初にこれだけは言っておくか。どうやら俺はきみに関しては見誤ったらしい。短期間で輸出入に関してよく勉強している。ホープだというのは本当だったようだな。以前に言ったあの言葉は撤回させてくれ」

「……どうも、ありがとうございます」

成堯も葛西について、またひとつわかった。ＡＺの社員がなぜワンマン社長と言われている葛西のことを悪く言わないのか。

評判以上に潔い男のようだ。

これは腹を括《くく》ってかからないと、店を出るときにはすっかり相手のペースにはまり込んでいた、なんてことになりかねない。

「今日はいったいどのようなご用件でしょう。仕事は関係ないのでしたら、以前の言葉を撤回するためってわけでもなさそうですし」

「もちろんだ。そんなことでわざわざ他社の人間の時間をもらったりはしない」

ビールと料理が運ばれてくる。店員は出入りのたびにちゃんと引き戸を閉めていくので、周囲に気を遣う必要はないものの、話題次第でそれが自分にとっていいのか悪いのかまだ判断できず、成堯は複雑な心境になった。

「もしかして、伊月の……藤井さんのことですか」

勇気を出してこちらから水を向けてみた。葛西が仕事以外で成堯を誘う理由があるとしたら、伊月に関することしか思い当たらなかった。

「いや」

首が左右に振られる。

だったらなぜ葛西は成堯と飲もうなどという気になったのだろう。

「伊月じゃない。なんと言ったかな、伊月の弟——ああ、吹雪くんだったか。彼の話を聞きたい」

「えっ」

尻が浮き上がるほど驚いた。まさか葛西の口から吹雪の名前が出てくるとは予想していなかったし、葛西が吹雪に興味を持っているなんて——いまのいままでわずかも疑っていなかった。

「吹雪、ですか?」

「そう。吹雪くん」

正直なところ、吹雪を葛西に会わせたいとは思わない。というより、できるなら避けたかった。なぜなら葛西のような男には大なり小なり影響を受けてしまいそうな気がするからだ。

「いったい、吹雪のなにを」

恐る恐る質問した成堯を、葛西が笑った。

「なんだ、その顔は。べつに彼を取って食おうってわけじゃなし」

「食われて堪《たま》るか――あ」

思わず嚙《か》みついてしまってから、慌てて謝る。すみませんと頭を下げた成尭に、葛西はジョッキを持っていないほうの手をひらひらさせた。

「別にいいよ。この際年齢も立場も関係ない。男同士の密談ってことにしようじゃないか」

「……男同士の」

深刻な問題でも起こったのだろうか。成尭は覚えず頰《ほお》を引き締める。

伊月となにか揉《も》めていて、吹雪に仲裁でも頼もうという話なのかもしれない。

「わかりました。それで吹雪のなにを知りたいのでしょう」

真剣な面持ちで切り出すと、葛西が思案顔で顎《あご》をひと撫《な》でした。

「そうだな。たとえば――趣味、だな。あとは好きなものか。ああ、できれば性格なんかも教えてもらえるとありがたい」

「そんなこと……ですか」

一度口を閉じる。考えるためではなく、質問の内容に戸惑ったのだ。なぜ吹雪の趣味や性格を知りたがるのか、葛西の意図がまったく読めない。

「頼む。私のため――ひいては伊月のために」

そうまで言われて、成尭はふたたび口を開いた。

「読書でしょうか。特にミステリが好きみたいです。あと、ああ見えて剣道の段持ちなんですよ。子どもの頃から中学までやってたらしくて」

葛西は、時折頷きつつ熱心に耳を傾ける。

「食べ物で言えば、甘いものよりしょっぱい系が好きですね」

「酒は？」

「嗜《たしな》む程度って感じですか。あまり顔に出ないんですが、許容量をすぎるとすぐわかります。口が軽くなるので」

日頃口数が少ないぶん、わかりやすい。本人も承知しているようで、外ではけっして量は飲まないようにしているようだ。吹雪が度を越すのは、家で、成堯が一緒にいるときだけに限る。

葛西に話しながら、脳裏に吹雪を思い描くと自然と口許《くちもと》が緩んだ。

「なるほど。度を越すと素直になる、と」

「そうですね」

「それはいいな」

「ええ。そりゃもう――」

はたと我に返る。いけない。余計なことまでうっかり喋《しゃべ》ってしまうところだった。ひとつ咳払《せきばら》いをして、ごまかした。

「あとはなんでしたっけ」

「性格」

「性格——は、難しいですね。一言で表現するのは」

吹雪は、自分の感情をあまり口にしない。表現するのが苦手のようだ。そのぶんまなざしで、些細《ささい》な仕種《しぐさ》で、雄弁に語る。

一見冷めているように見えて、内側に秘めた感情の豊かさは誰にも負けないものを持っている、と成堯は思っている。

吹雪の熱情に何度翻弄《ほんろう》されたかわからない。実際、現在進行形で驚かされているのだ。吹雪が自分にだけそういう面を見せてくれるのは、成堯にとってはこのうえなく嬉しいことだった。

「なるほどね」

成堯の表情で察したとばかりに葛西が頷いた。

満足したのか、料理に手をつけだす。が、成堯はそうはいかない。伊月との関係に首を突っ込む気はなくとも、吹雪が絡んでいるなら確かめておきたかった。

「あの、聞いてもいいでしょうか。なぜ吹雪のことを？　伊月と、なにかあったんですか」

立ち入った質問と承知で遠慮がちに問えば、葛西はひょいと肩をすくめた。

「伊月と？　なにもない。いたって順調。うまくやってるよ」

その言葉に嘘はなさそうだ。葛西の表情も態度も普通に見える。

「だったらどうしてこんなことを――」

怪訝に思った成堯に、この後、意外な一言が返ってきた。

「事前調査だ」

「事前調査――ですか？」

ますます意味不明だ。

葛西はにっと唇を左右に引いた。

「来週の休みに吹雪くんと会うことになった。失態をやらかさないためには事前調査が必要だろう。手土産は甘いものでなく、しょっぱいものにしよう」

「ああ――そういうことですか」

納得しかけて、新たな疑問が湧《わ》いた。吹雪について知りたいならわざわざこんな遠回しな真似をしなくても、一番身近にいる誰より詳しい人間に聞けばいいではないか。

成堯の言いたいことに、葛西は気づいたようだ。

「伊月に聞かなかったのはどうしてかって？」

「ええ」

頷くと、愚問だなと鼻であしらわれる。

「それじゃあ意味がない。吹雪くんに好印象を持ってもらうことは確かに大事だが、一番の

目的はべつのところにある」

「べつのところ、ですか」

　葛西と目が合う。

　直後、なるほどそうだったかと、初めて葛西の本当の思惑に気がついた。

「伊月にいい格好してみせたいってわけですか」

　それだけのために、本人には問わずにこんな回りくどい真似を葛西はしたのだ。

「なかなか鋭いじゃないか。察しがいいというのは評価できる」

　にやりと葛西が口の端を吊《つ》り上げる。

　成堯も一緒になって笑った。

「お褒めにあずかって光栄です」

　なんだ。結局、葛西もただの男ではないか。成堯となんら変わるところはない。

　ジョッキを手にした成堯は、ぐっと半分ほど一気にあけた。

「なかなかいけるくちのようだし、今夜はいい酒が飲めそうだ」

「ありがとうございます。とことんおつき合いします――と言いたいところですが、十時までで帰ることにします」

　成堯がそう言うと、葛西は肩をすくめてみせた。

「待ってるひとがいるって？」

「はい」

葛西が吹雪の話ばかりをするから、無性に声が聞きたくなった。葛西と別れたらすぐに電話をしよう。十時なら吹雪は風呂をすませて、自室でひとりになっている頃にちがいない。

「仲がよくてなによりだ」

仲は――確かにいい。葛西に言われるまでもなく、吹雪とはうまくいっている。ようやく気持ちが寄り添った。

感情を押し殺すことが苦手な自分と、抑え込めるだけ抑え込もうとする吹雪は案外相性がいいようだ。もっとも、そうでなければこうしてまた一緒にいることはないだろう。

「帰っていいぞ」

葛西が、おざなりな様子で右手を振った。

「気もそぞろみたいだからな。こっちも目的は果たしたし、同じ飲むにしてもおまえの顔よりも他に見たい顔はある」

成尭は遠慮なく葛西の言葉に従うことにした。

「それじゃあ、お先に失礼します」

上着を掴み、席を立つ。店を出たあとはタクシーを拾って、車内から吹雪の携帯電話にかけた。

『成尭』

いくらもせずに、吹雪の声が耳に届く。やわらかで、情を感じさせるその呼び方は成堯の胸を熱く疼《うず》かせた。

「会いたい、吹雪」

正直に口にすれば、吹雪の躊躇が携帯越しでも伝わってきた。

『……なに言ってんだよ、いきなり』

表情まで想像できる。吹雪はいま睫毛《まつげ》を伏せ、唇の内側に歯を立てているのだろう。

「ああ。でも、吹雪のことを考えていたら、会いたくて堪らなくなった」

『…………』

返答がない。迷っているからではないと、成堯は最近知った。吹雪は、どう答えるとうまく伝わるのか、いつも言葉を選んでいるのだ。

「吹雪。迎えに行ってもいいか」

答えやすい質問に変えると、今度はすぐに返事があった。

『うん……』

タクシーの運転手に行き先の変更を告げる。吹雪の家に直行して、それからまたふたりでタクシーに乗って自分のマンションに向かえばいい。

「すぐ行くから」

電話を切った成堯は、窓の外を眺めた。数分ほどで吹雪の顔が見られるだろう。おそらく吹雪は玄関の外に立って待っているはずだ。吹雪のそういうちょっとした愛情表現を、成堯はとても愛《いと》しく思う。

そういえば、葛西を置いてきてしまった。だが、おそらく葛西も成堯が帰ったあとすぐに携帯電話を手にしたにちがいない。

今日葛西に会ったことは、吹雪には黙っていよう。葛西にひとつ貸しだ。その代わりなにかあったときには、今度は成堯のために協力してもらえばいい。惚《ほ》れた相手にできるだけいい格好したいのは、この世のすべての男に共通することなのだから。

予想どおり吹雪は玄関の前に立っていて、三十分後には成堯はマンションの部屋で吹雪を腕に抱き寄せていた。

三十分とはいえ、成堯には気が遠くなるほど長い時間だった。

「急でほんとびっくりした」

そう言った吹雪に、

「吹雪のことを考えたら、どうしようもなくなって」

苦笑交じりで言い訳すれば、伏せた睫毛が小さく震える。昔も、再会してからも、吹雪はこういう表情をよくする。

いままでは、吹雪の成堯への応えだとわかっているが、当時は少しも気づかなかった。吹雪の愛情の表し方は密《ひそ》やかであっても、よく見ていればちゃんと伝わってくるというのに。

「べつに、厭《いや》だったわけじゃないから」

「わかってる」

髪にキスをする。会社の独身寮を出たのは吹雪との逢瀬《おうせ》のためだったが、そのあと住んでいたマンションを引き払ってからも成堯は寮には戻らなかった。

新たにワンルームを借りて、そこでずっと暮らすつもりでいた。が、吹雪がマレーシアから戻ってくる前にまた2LDKのマンションへと引越しをした。

同僚には、なにやってんだよと呆《あき》れられたが、成堯にとっては大切なことだった。

吹雪と自分の、家を作りたいのだ。

ワンルームだとどうしても成堯ひとりの部屋のような気がする。きっと吹雪は落ち着かない。だから、吹雪だけの部屋が必要だった。

吹雪はいままだ実家暮らしをしているが、いつかはふたりで暮らしたいという夢も抱《いだ》いていた。

「――成堯」

吹雪が背中に両手を回してきた。ひとつ息をつくと、上目遣いに成堯を見てきた。

「俺も、会いたかった。成堯のことを考えてたときに、成堯から電話がかかって……だからびっくりしたんだよ。成堯が会いたいって言ってくれなかったら、俺がきっと言ってた」

言葉数の少ない吹雪だからこそ、素直な一言が胸に響く。

マレーシアで再会してからの吹雪は、思ったことを口にする努力をしている。言葉で伝えることがどんなに大切なのかよくわかったからだと、以前話してくれた。

「だから嬉しい。成堯の顔が、見られて」

成堯にとっては嬉しい反面、困るところもあった。

「くそう……っ」

吹雪ひとり想ってきた男をいま以上に夢中にさせて、振り回して、どうしようというのか——責めたくなるのだ。

「も……俺、ほんと駄目だ。ベッド行こ。吹雪」

欲望に声が掠《かす》れた。声だけならまだいい。すでに成堯が昂《たか》ぶっていることは、身体《からだ》を密着させている吹雪に隠せるはずがない。

「ごめんな。がっついて」

落ち着く間もなく吹雪を寝室へと連れていき、ベッドに横たえる。

吹雪はかぶりを振った。

「だって、俺も——」

「しっ。黙って」

吹雪がまたなにか言おうとして開いた口を慌てて手で塞《ふさ》ぐ。格好悪いところばかり見られているのに、これ以上は勘弁してほしかった。

「いま言おうとしてる台詞、あとで聞かせてな。でないと、俺、いま出そう」

けれど、正直に言ったのは失敗だった。目を丸く見開いた吹雪が、次の瞬間、吹き出した。

なんだよと拗《す》ねてみせれば、あははと声を上げて笑い始める。

「くそ。いくらでも笑えばいいさ。しょうがねえだろ。吹雪に関しちゃ、俺にはどうしようもできない。どうせ格好悪いんだよ」

昔から吹雪にはかなわない。吹雪だけだった。

「――成堯」

吹雪が笑うのをやめる。そして、成堯の首に両腕を絡めてきた。

「なに言ってるんだよ。成堯はぜんぜん格好悪くなんてない。俺にとっては、昔から成堯が一番格好いい。他の誰よりも」

「吹雪」

名前を呼んで、堪らず吹雪にキスする。唇を抉《こ》じ開け、舌を突っ込んで舐《な》め回し、吸った。

「……な……あきっ」

初めから激しい口づけに、吹雪の息が上がる。成堯自身はもっと昂奮《こうふん》していて、自分の吐息の熱さに眩暈《めまい》がしそうだった。

何度抱こうと足りない。際限なく欲しくなる。

「……そういうこと、いま言うと、やばいんだって。吹雪のせいだからな」

吹雪のシャツの釦《ボタン》をふたつ外して、頭から抜いた。胸にキスしながらジーンズとその下につけていた下着を一気に膝《ひざ》まで下ろし、あとは足で蹴《け》って落とす。

「待っ……」

「無理。終わったらいくらでも責めていいから、いまは俺の好きにさせて？」

吹雪の性器を手で包んだ。

「……あぁっ」

直後、とろっと手が濡《ぬ》れる。

「え」

覚えずその手に目を落とした成堯に、胸を大きく喘《あえ》がせながら吹雪が涙目で睨《にら》んできた。

「だ……からっ……待ってって言ったのにっ」

本気で怒っているのか頬を染め、上擦った声をさらに掠れさせる。

「あ、その、ごめん……」

謝っても機嫌は直らない。ぐるりと身体を反転させ、すっかり背中を向けてしまった。

「うるさい！　もう、厭だ」

「厭？　嘘《うそ》だろっ」

吹雪の機嫌をとるために、強引に抱き寄せる。このまま背を見せられてしまっては洒落《しゃれ》にもならない。

「吹雪。俺が悪かった。でも、俺的には嬉しいっていうか……吹雪が早いのは、それだけ感――」

言い終わらないうちに吹雪が腕の中から擦り抜け、身体を離した。ベッドからも起き上がろうとしたところを慌てて摑まえ、腕の中に封じてしまう。

「は……なせよっ。信じられない」

「なんでっ？　なにか俺、変なこと言った？　もし言ったんなら謝る。俺が悪かった。だから機嫌直して」

「成堯のそういうところがムカつくんだって。悪いなんて思ってないのにそうやってすぐ折れる」

なおも暴れる吹雪をシーツに縫いつけると、その両手に両手を重ねた。

「吹雪、ごめん」

「……ほら、そうやって」

「折れるよ、そりゃ。だって吹雪の機嫌損ねたくない。吹雪にはずっと笑っててほしいし」

嘘でも冗談でもない。自分が謝ってすむならいくらでも謝る。吹雪とは喧嘩じゃなく、いつも抱き合っていたい。

「……重い」

キスを仕掛ける。ふいと横を向かれたが、成堯も追いかけて、いまだへの字を描いたままの唇を塞いだ。

「……んっ」

身を捩《よじ》り抵抗する吹雪の唇を舌先で宥《なだ》めて、口中へと入れてもらう。上顎をなぞると、吹雪の喉《のど》が小さく鳴った。

抵抗がやむ。唇をくっつけたままで名前を呼ぶと、吹雪は成堯の指に自分の指を絡めてきた。

「おまえ……ずるい」

口づけの間に責めてくる吹雪に、成堯は目を細めて素直にまた「ごめん」と謝る。

「でも、言わなかったっけ？　俺、吹雪抱くためならずるいことだって、なんだってするんだ」

自分でも呆れてしまう。一方で、好きなのだからしようがないと開き直る気持ちもあった。

「……聞いたけど」

「だろ？　ずるい俺は嫌い？　触ったら厭だ？」

上目で見つめて問えば、吹雪が視線を泳がせる。

「厭……じゃない」

「じゃあ好き？」

これには、口を閉ざしてしまう。答えは決まっているのだから、早く言ってくれないだろうか。待てを憶《おぼ》えさせられている犬の気分で、うずうずしながら吹雪の口許をじっと見つめる。

「好――」

ようやく言いかけた吹雪だったが、なぜか途中で止《や》めるときゅっと唇を引き結んだ。

「なに？」

「やっぱり、今日は言わないことにする。何度も言わないほうがいいこともあると思うし。なにより……成堯、癖になったら困るし」

ふいと視線を外されて、成堯はこれ以上待つことはできずにキスを再開させた。

「そんな顔でそういうことを言うの、逆効果だって」

最後に一言だけ、そう吹雪に忠告して、あとはふたりの時間に溺《おぼ》れていったのだ。

永遠の花

1

会社や学校が週休二日制になって久しいが、ＡＺコーポレーションも土日は基本的に休日と決まっている。働くときには働き、休めるときには思いきり休んでおくというのが、社長の方針だからだ。

というのも、ＡＺは貿易会社なので、忙しい時期には洒落《しゃれ》にならないほど忙しくなる。それこそ寝食を忘れて働き蜂《ばち》の如《ごと》く働く――のである。

トップである社長が最前線で動いてしまうために、ＡＺの社員の結束は固く、見る間に企業として成長していった。

葛西紘一《かさいこういち》。三十九歳。

親会社の末席重役から大抜擢《だいばってき》されただけあって、一言でいえばやり手。ＡＺがワンマン会社だと評されるのは、葛西が一際目立つ存在だからだ。

仕事ができ、ルックスもいい。つい先頃、有名な経済誌にインタビュー記事が掲載されたのだが、当然のように写真つきで、しかも必要以上にアップだった。

その号は経済界のみならず、女性読者からの反響も多かったと聞いている。

「……なにこれ。写真大きすぎだっての」

リビングのソファに寝転び、伊月《いつき》はインタビュー記事を眺めながら、ちぇっと舌打ちをした。

ＡＺの社員としては、社長の顔が売れるのは喜ぶべきことだ。が、個人的にはとても手放しで喜ぶ気になどなれない。

なぜなら伊月にとって葛西紘一は、勤務先の社長であると同時に恋人でもある。

いま伊月がいるこの部屋も、自分の部屋ではない。毎週末はもとより、時間があれば葛西のマンションに入り浸っている。

最初は、もちろん抵抗があった。

社内恋愛だし、けじめがなくなるような気がした。もしかしたら、他の社員に対して疚《やま》しい気持ちも少しあったかもしれない。

けれど、伊月の心配などまったく無意味だった。会社とプライベートの区切りのつけ方を葛西は心得ていて、うまく示してくれるので、普通の恋愛となんら変わらずうまくいっている。

変に意識してお互い距離を置くのは、いろいろなものを無駄にしてしまうと言った葛西の言葉どおりだった。

「おや。うちの王子はもう眠ってしまったか」

リビングのドアから、葛西の声がした。

伊月は反射的にソファから飛び起きた。

「葛西さん！」

「なんだ。せっかくキスして起こそうと思っていたのに」

葛西は本気で残念そうに眉根《まゆね》を寄せる。が、すぐに笑顔になると、おかえりなさいと歩み寄った伊月を腕に抱き寄せてから、つむじに口づけてくれた。

葛西は愛情表現を惜しまない。行動と言葉で、伊月に愛を語ってくれる。

「どうだった？　楽しかった？」

伊月の問いに、葛西は相好を崩した。

「ああ。ちび王子もすっかり疲れて、帰りの車では夢の中だった」

「そりゃそうだよ。月一回、パパと遊ぶ日なんだし」

毎月第三土曜日に、葛西は息子の駿《しゅん》と会う。前妻と別れる際にした決め事のひとつだというが、それ以外でも息子に呼び出されればなにを置いても駆けつける、優しいパパだ。

「最近は水泳教室に行き始めたらしい。背泳ぎができるようになったと嬉しそうだった」

「すごいね」

息子の話をするとき、葛西は父親の顔になる。双眸《そうぼう》をやわらかく細め、心からいとおしそうな表情になる葛西を見ていると、伊月も会ったことのない駿に愛情が湧《わ》いてくるような気がするのが不思議だった。

離婚した妻との繋《つな》がりに疑心暗鬼になっていた頃もあった。自分を置いて息子に会いに行く葛西に、また二の次にされるのだろうと気持ちにストップをかけていた。

どんなに愛してると口にしようと、葛西は伊月を置いていく。一番にはしてくれない。自分が傷つくのが厭《いや》だから好きにはならないと頑《かたく》なに拒んだのだ。

けれど、頑なな心を溶かしてくれたのも葛西だった。

葛西は辛抱強く伊月の心が動くのを待ってくれた。

だから、今度は伊月の番だ。どこにいようと、葛西はきっと帰ってきてくれる、そう思うと待つ時間も楽しかった。

「ビール飲む？　それともべつのにする？」

葛西から離れ、伊月はキッチンに足を向けた。

袖《そで》を捲《まく》りながら後ろを葛西が追ってきた。

「ワインにしようか。昨日、いい海老をもらった」

そう言うが早いか、あっという間にトマトと海老のパスタを作り、ほうれん草とカッテージチーズのサラダも添える。

葛西の料理は、手際も味も抜群だ。

伊月は皿やグラスの用意をし、完成した料理をテーブルに運んだ。

「なににする？」

「そうだな。イタリアのものにしようか」

「じゃあ、ルチェンテ」

「いいね」

最後にワインを用意する。葛西もコルクスクリューを片手にテーブルにつく。帰宅してからまだ三十分足らずだ。

向かい合って座ると、伊月は葛西がコルクを開けるのを眺める。

以前は、アルコールに対してそれほど興味があるほうではなかった。葛西の晩酌につき合うようになって、ビール以外にもワインやウイスキーなどの味が少しずつわかるようになり、自分が結構飲めるほうだというのも最近になって知った。

ビールなら苦味のあるもの。ワインは白より赤のやや辛口。ウイスキーはモルト。

酒なんて接待や宴会を盛り上げるための道具で、酔えればいいと思っていた頃からすればかなりの進歩だ。

葛西からワイングラスを受け取り、乾杯する。

「ふたりの夜に」

気障《きざ》な台詞《せりふ》も葛西が言えばさまになる。

端整な目鼻立ちに、やわらかでスマートな物腰は、葛西の会社での立場を抜きにしても一目で洗練された大人というイメージを持つ。

しかも、葛西はスマートなだけではない。なんでもそつなくこなす一方で、意外に茶目っ気がある。

押しも強い。会ったばかりの伊月をホテルに誘ったのだから、大胆という他ないだろう。以前、質問したことがあった。伊月に声をかけるとき、自分の立場を考えて躊躇《ちゅうちょ》しなかったのか、と。

葛西は即答した。

――恋愛には立場も年齢も関係ないだろう？　俺は自分の直感を信じるんだ。このひとしかいない、このチャンスを逃すなってね。

一目惚《ひとめぼ》れを信じていなかった伊月も、葛西のこの言葉は納得できた。直感というのは大事だと、身を以《もっ》て知ったのだ。

自分もきっと、初対面の夜に直感したから葛西について行ったのだろうと、いまではそう思っている。でなければ、その後再会するはずがない。

「ふたりの夜に」

伊月も同じ台詞を返し、グラスに口をつけた。濃厚で甘みと苦みのバランスのとれた液体を、舌と喉《のど》で味わう。

「大人の時間に――というのも加えよう」

「それはリビングだけじゃなく、その先のこともって意味で？」

「ああ。リビングだけじゃなく、バスルーム経由で、ベッドまで」

三十九歳という年齢も、伊月には魅力のひとつだ。

葛西は初めから大きな愛情で包んでくれた。

「了解？」

答えなどわかりきっている葛西の質問に、胸を高鳴らせながら伊月はほほ笑んだ。

「もちろん。了解」

うまいワインと、うまい肴《さかな》があって、好きな相手とゆったり過ごす時間に勝るものはない。なにより至福のときだ。

葛西の声に耳を傾けながら、伊月は胸にあたたかいものが広がっていくのを感じていた。

2

伊月の勤務するＡＺコーポレーションは、企業としてはまだ若い。

社員は約二百人。その半数近くは海外を飛び回っているので、本社には現在百人程度の社員が働いている。

ワンフロアに百人ほどの社員が忙しくしている様子は、なかなか壮観だ。

初出勤の日には、さぼっていたら周囲にばれるな——などと想像したが、実際に中に入ってみればじつに合理的だと実感するばかりだった。貿易会社は常時横の繋がりを密にしなければならないので、部屋を出て階段を上がったり下りたりしなくていいのは時間のロスがなくて助かる。

出勤時間も九時から十二時と、仕事に合わせて調節できるのはありがたかった。

「おはようございます」

伊月が社に着いたのは、十時。

隣の席の鈴木《すずき》はまだのようだ。たいがい九時には出社しているのにめずらしいなと思いながらデスクにつき、早速通常業務に取りかかった。

一方で、先週から個人的に取り組んでいる仕事がある。

ラオスの織物だ。

ラオスといえば、絹織物。ラオスの絹織物は、素朴という言葉がよく似合う。一言で言えば渋いのだ。ワビサビをこよなく愛する日本人好みの織物だろう。

タペストリーやテーブルクロスとして使えば、和室でも違和感なくちょっとしたアジアンテイストを堪能《たんのう》できる。

が、伊月が考えたのはアジアンテイストを味わうためのものではなく、和の雰囲気の中に溶け込ませたいというものだった。

ただ織物を輸入するだけではつまらない。

大胆に取り入れながら、あくまで和にのっとった美意識で絹織物を使いたい。

先日発案書を書いたところ、面白いというのでＧＯサインが出た。とはいえ試しに企画書を出してみろというだけで、駄目と判断されればすぐにストップがかかってしまう。

ＡＺに入社して一年半、初めて自分で取り組む企画だ。簡単に中止にさせて堪《たま》るかと、伊月はいままさに奮闘している最中だった。

必要とあればラオスにだって足を運ぶ覚悟はある。

「はよっす」

鈴木がやって来た。

「おはよー。めずらしいね。もう十時なのに」

資料に目を落としたまま何げなくかけた言葉に、返事はなかった。あれっと首を傾《かし》げて伊月は、その目をいまだ立ったままの鈴木へとやった。

鈴木は伊月の視線を感じてか、鼻の頭を掻《か》く。

陽気な鈴木にしては、歯切れの悪い態度だ。

「なにか、あった？」

「あー……まあ、あったっていうか」

「困ったこと？」

深刻そうには見えない。が、なにかあったというのは本当なのだろう。鈴木はまるで廊下に立たされた小学生のような顔をしていたが、やがて唇を引き結んだ。

「ちょっと社長と話してくる」

「社長と？」

「ああ。そのあとで、藤井《ふじい》にも話すし」

「――わかった」

いったい何事だろうか。

普段とはちがうテンションで、ぎくしゃくと社長室に入っていった鈴木だが、ものの五分ほどで鈴木は姿を見せた。

葛西と一緒だ。

「みんな、ちょっといいか」

よく通る葛西の声がフロアに響く。

その隣で鈴木は頰《ほお》を紅潮させている。

「おめでたい話だ。鈴木が結婚することになった」

わあと、フロアに歓声が上がった。「おめでとう」の声の中に、「この野郎」とか「ちくしょう」とか野太い揶揄《やゆ》も交じる。

鈴木の様子がおかしかったのは、このせいだったか。

照れ笑いを浮かべる鈴木に、拍手が起こった。伊月も手を叩きながら、おめでとうを連呼する。

「来春だそうだ。鈴木がどうやって彼女を手に入れたのか、聞きたい奴がいるんじゃないか。特に独身者」

葛西の言葉に、そこここから質問が飛び出す。鈴木は律儀に答えていたが、そのうち際どい質問になっていき、勘弁してくださいと逃げるようにデスクに戻ってきた。

「まいったよ」

頭を搔く姿が幸せそうだ。

「この先は飲みに行って直接聞いてやれ」

葛西は、最後にそう言うと社長室に入っていった。ドアが閉まるまでその背中を見送ってから、伊月は鈴木に声をかける。

「おめでとう。ぜんぜん気づかなかった」

「ああ。なんつーか、急に決まったから」

少し素っ気ない口調に聞こえるのは、照れ隠しだろう。頬が緩まないよう努力しているのがわかる。

「今日遅くなった理由は、これだったんだ？」

「彼女のところに寄ってから出社した。一応、今日会社に報告するからって、彼女の両親にも伝えときたかったし」

「なるほど、そういうこと」

鈴木は気が回る。仕事でもプライベートでも気配りのひとだ。きっと彼女は幸せな花嫁になるにちがいない。

「あ、そうだ。おまえにスピーチ頼みたいんだけど」

「俺に？」

「そ。どう？　やってくれないか」

「俺でよかったら、喜んでやらせてもらうよ」

快諾すると、鈴木は満面に笑みを浮かべた。瞳《ひとみ》を輝かせて心から嬉しそうに笑う鈴木が少し羨《うらや》ましくなる。伊月には、一生経験できないことだ。

ちぇっと、伊月は舌打ちをした。

「今日飲みに行こう。もちろんおまえの奢《おご》りで」

意地悪で言ったのに、それすら鈴木には幸せを嚙《か》み締めるポイントになるらしい。

「奢るよ。いくらでも飲んでくれ」

早まったかと悔やんだところで手遅れだ。いま会社で口にできないぶん、たっぷり惚気《のろけ》を聞かされるはめになるだろう。

伊月はあきらめのため息をついた。

しようがない。幸せな男の話を聞くのも友人の務めだ。厭というほど聞いてやろう。親しい人間のおめでたい話に遭遇する機会はそう多くはない。

二十七歳。結婚という話が出ておかしくない年齢なのだが、伊月の周囲はみな甲斐性《かいしょう》がないのか友人の中では鈴木が第一号だ。

そんなことを思いながら、目の前の資料に意識を戻す。すぐに頭の中は織物のことでいっぱいになる。

一日をデスクワークと電話で終えた伊月は、夕方七時になって、約束どおり鈴木と一緒に社をあとにした。

駅近くにある、普段からよく行く居酒屋に入る。座敷に腰を下ろすと、とりあえず生ビールと適当なつまみを頼んだ。

活気のある店員の声を耳に、伊月は早速水を向けた。

「で、ここはやっぱり出会いから聞いておかなきゃな」

「いきなりそうくる？」

「お約束だろ？」

開放感からか、昼間よりも蕩《とろ》けそうな笑みを浮かべ、鈴木が鞄《かばん》の中を探り出した。

「これ」

見せてくれたのは写真だ。ドライブの途中だろう、背景はどこかの海岸だ。夕日をバックに写真におさまったふたりは、なかなか絵になっている。

「うわ、鈴木にはもったいない美人」

「だろ――って、それじゃ俺が不細工みたいじゃねえか」

文句を言いながらも、鈴木は満更でもなさそうだ。彼女を美人だと言ったのはお世辞などではなく、実際にかなりの美人だった。

「こんな美人をどうやって落としたんだよ」

伊月の質問に、思いもよらぬ答えが返る。

「じつはさ。合コン」

「合コン？」

鈴木がばつの悪い顔をする。

意外だった。鈴木は合コンに誘われても、のらりくらりとかわして断るタイプだ。宴会になると人一倍張り切る男が、合コンと名がつけば頑なに拒む。昔は好きだったくせにと同僚がいくら不満を並べようと、一度も首を縦に振ったことがない。

「そういう理由か」

鈴木に半眼を向ける。

鈴木が参加しない理由は、苦手だからではなかったらしい。参加した合コンで彼女をゲットしたから、その後の合コンに参加する理由がなくなったのだ。

もしかしたら、彼女に止められているのかもしれない。

皺《しわ》寄せは確実に伊月に来ている。おまえは断らないだろうなと先輩方に誘われれば断るわけにはいかず、いまのところ参加率百パーセントを記録していた。

葛西は、それについてなにも言わない。「食われるなよ」と、茶化した言い方で釘《くぎ》を刺してくるだけだ。

「俺、来週もあるんだよな。合コン」

恨めしげにそう言うと、鈴木が両手を合わせた。

「ごめん。いくら人数合わせっつっても、やっぱ彼女にしてみたら微妙だろ」

「そりゃそうだろうな」

伊月にしても、本来合コンでの出会いは必要ない。たまに積極的な子がいると、傷つけないよう断るのは結構骨が折れるのだ。

「つか、一度聞きたかったんだけど」

ふと、鈴木が興味津々で身を乗り出してくる。

「藤井、おまえ、彼女いんの？」

「………」

ちょうどビールが運ばれてきて、妙な間を気づかれずにすんだ。救われたと安堵《あんど》したが、店員が去っていくと同時に鈴木は話を再開する。

「だから、恋人だよ。おまえ、そういう話まったくしないし、合コン行ってもぜんぜんその気見せないんだって？　結構もてるのにって、杉山《すぎやま》が言ってたぞ」

ジョッキを手にする。

中身をぐっと半分ほど呷《あお》って、伊月は肩をすくめた。

「鈴木さ。もし俺が独り身だって言ったら、惚気にくくない？　今日はおまえの話を聞くために来たんだよ。あ、それとも、なにか後ろ暗い事情があるとか？」

「あるわけないだろ！　俺は潔白だ」

即座に否定した鈴木のおかげで、うまい具合に本題に戻った。

恋愛の話は、できない。どんなに信頼している鈴木相手でも同じだ。

葛西とのつき合いに、疚しさや後ろめたさがあるからではなく、話を打ち明けられた相手がどう受け取るかを常に考えなければならないためだ。

戸惑わせるくらいなら、黙っていたほうがいい。

伊月自身に迷いはなくとも、誰にも喋《しゃべ》らないと決めていた。

「だったらおとなしく酒の肴になっとけ」

それでも、みなから祝福される関係を羨む気持ちがまったくないかと言えば嘘《うそ》になる。隠し事をしていることに対して、すまない気持ちもある。

「プロポーズはどこで、どんな言葉を？」

「おいおい。そんなことまで言わせる気か」

「そりゃ、スピーチを請け負った身としてリサーチは欠かせないだろ」

隠さなければならないというのは、つらい。だから相手を信頼していればしているほど、恋愛話を避けてきた。

ごめんと胸中で謝罪し、笑顔を作る。

「さあ、観念して言っちまえ」

「言うよ。言うけどさ。おまえのときは、覚悟しておけよ」

ああと笑顔のまま返事をする。そんな覚悟は必要ないのだが。

鈴木は照れ臭そうに伊月を上目で見ると、プロポーズのシチュエーションを説明していった。

「――で、シンプルに『結婚してください』って」

喉が渇くのか、途中何度もビールを口に運ぶ鈴木がほほ笑ましい。きっと彼女を大事にしているだろうと、今日の言動のみでも十分察せられた。

「直球だったんだな」

「んだよ。芸がないって思ってるだろ」

「思ってないよ。鈴木らしいなって思ってる」

「うわ、マジで？　めちゃハズいな」

今日の鈴木は照れっぱなしだ。それから、これ以上ないほど幸せそうな顔をしている。

「まあ、俺がこうなったから言うんじゃないけど、やっぱ守るひとがいるってのはでかい。俺なんかでも、しっかりしなきゃって思うからね」

同感だ。伊月も常に思っている。少しでも葛西に近づきたい、守ってもらうばかりではなく守りたい、と。

「俺が心配なのは」

なにを思ってか、急に鈴木が声のトーンを落とした。

「おまえより、社長」

「え」

突然持ち出された予想外の名前に、一瞬口ごもる。しかも心配しているなんて穏やかではない。

「社長が――心配？」

「ああ」

どうやら鈴木は本気で心配しているらしく、眉間《みけん》に似合わない縦皺を刻んだばかりか、伊月をまっすぐ見据えて先を続けていった。

「社長、一回失敗してるだろ？　しかも相手は親会社の社長の娘。あれで懲りて、結婚したくないって一歩引いてしまったのかもしれないけど、あんなに格好いいひとなのにさ。もったいねえだろ。それに、社会的信用って意味でも再婚したほうがいいと思うんだよ」

なあ、と相槌《あいづち》を求められたが、どう返答していいのかわからず曖昧《あいまい》に言葉を濁す。葛西は再婚したほうがいい――鈴木がそんなふうに考えていたとは少しも気づかなかった。でも、そう考えているのは鈴木だけではないのだろう。

「独身主義になっちまったのかな」

「……さあ、俺にはわからないけど」

「それとも、理想が高いのかな。社長に釣り合うのは、並みの相手じゃ駄目だろ」

真剣に語る鈴木には、返答に詰まる。

「どうだろ……」

とりあえず言い訳をしなければならない気がして、伊月は内心の動揺を隠して口を開いた。

いる。

「でも……こういうのは、縁だし。案外もう誰か決まったひとでもいるのかも」

第三者的立場で話せているかどうか、自信がない。背中にはたっぷり汗を掻いてしまっている。

「それならなおさら早くその恋人と結婚すべきだろ。もちろん、余計なお世話だってわかってるんだけど――まあ、それに社長のことだから、むしろ断るほうが大変だろうな。あちこちから縁談が持ち込まれてるだろうし」

鈴木は言いたいことだけ言ってしまうと、豪快にビールを飲み干した。

伊月にしてみれば、軽く流せる話ではなかった。

社会的信用という面では、すでに葛西と話し合った。葛西の母親が持ち込んできた縁談を断ったときのことだ。

家族というのもひとつのバックボーンにはちがいないが、人間はそれだけじゃない。独身だからという理由で仕事に支障をきたすという考え方はナンセンスだ――そう葛西は伊月に言った。

伊月も同感だった。

それゆえ、いま伊月が引っかかったのはそれではない。

鈴木が「あちこち」と言ったように、葛西に持ち込まれる縁談は、あのとき母親から勧められたものだけではないのだろうと気づいたせいだ。

間抜けにも、すっかり解決した気になっていた。

伊月が知らない間にもきっと葛西は、多くのアプローチを断ってきたのだろう。今後もそれは続いていくのだ。

「でも、興味あるよな。社長がどんなひとを伴侶に選ぶのか。社長、大らかに見えて案外好みはうるさいってタイプだよな。ストライクゾーン、めちゃ狭そう。お眼鏡に叶うのは果たしてどんな女性なのか」

アルコールのせいか、ますます饒舌《じょうぜつ》になる鈴木に、ついぽつりと漏らしてしまう。

「……しないかもしれないのに」

鈴木は目を丸くした。

「え、するだろ。普通に」

不思議そうな顔までされて、伊月は反論を呑《の》み込む。普通と言われれば、伊月に返せる言葉はない。

「――そうかもな」

葛西を信じているし、自分の気持ちには一点の曇りもない。けれど、自分と葛西の関係が鈴木の言う「普通」から外れているという自覚はある。

馬鹿らしいと承知で、思い描いてみる。もしどうしても断れない相手が現れて、葛西が再婚したとき。自分はどうすればいいのか、どうすべきなのか。黙って身を引く――なんてできるはずがない。

それなら、葛西に結婚を勧めて愛人になるか。

「…………」

胸がむかむかとしてきた。

愛人になんてなれるわけがないのに、おかしな想像をするものではない。ただでさえ他人に言えない関係だというのに、愛人となればそこに疚しさも加わってくる。

自分に耐えられるはずがないし、なにより、他の誰かと並ぶ葛西を見て平然としていられるか、思案するまでもなかった。

「藤井……どうかしたのか？」

黙り込んだ伊月を、鈴木が覗《のぞ》き込んでくる。

「なんでもない」

慌てて取り繕ったが、どうやら顔に出てしまったらしい。

「でも、なんか機嫌悪い？　めちゃ眉吊《つ》り上がってるけど」

「あ……」

眉を吊り上げる真似をされて、我に返る。

想像だけで不機嫌になるなんて、なにをやっているのだ。

「機嫌悪いなんて、あるわけないだろ。ああ、鈴木、ビールもう空じゃん。おかわり頼むよな」

「んー、そうだな。酎ハイにするかな」

「じゃあ、俺も」

手を上げ、店員を呼ぶ。

表向きは取り繕ったものの、いったん芽生えた胸のもやもやを瞬時に消し去るのは難しかった。

葛西とのつき合いは、これまでのものとはまったく別ものだ。過去のどんな恋愛も参考にはならない。

葛西が十二歳も大人で、同性で、社会的地位もあって——いや、そういう表面上のことではなく、伊月にたくさんの「初めて」を与えるひとだからだ。

包み込まれ、甘やかされる心地よさや、誰にも話せない寂しさを葛西に教えられた。それから、先を想像せずにはいられなくなるのも、初めての経験だ。

つくづく自分は必死だと思う。

これまでも、そのときどきで一生懸命な恋愛をしてきたつもりだが、葛西とのそれとはちがう。伊月は、葛西に追いつこうと必死なのだ。

「今度さ、彼女に会ってくれるか。藤井には紹介しときたいんだよ」

「ほんとに？　俺も会ってみたい」

恋愛というのは大変だ。成就とよく言うが、どうなれば成就なのかよくわからない。たとえ結婚しても、その後離婚するひとだってたくさんいる。離婚したら、また振り出しに戻るのだ。

伊月のように、結婚という選択肢がない場合はもっと不安定だろう。

いま頃になってそんなことを思いつつ、伊月はこっそりため息をこぼした。

その後は鈴木の楽しそうな顔を眺めながら盛り上がり、グラスを重ねていった。家に戻ったのは、日付が変わる頃だった。

玄関で靴を脱いでいると、ふいに着信音が鳴る。

葛西だ。

まるでどこかで見ていたかのようなタイミングに思わずほほ笑み、通話ボタンを押す。

「もしかして、俺のこと見張ってる？」

くすりと笑いながら開口一番でそう問えば、伊月の好きな低くやわらかな声が、優しく耳に届いた。

『ばれたか。じつはいつも見ているんだ。伊月がいま俺の声を聞いて色っぽい顔になっているのも、よく見えるよ』

「それじゃ俺、欲求不満みたいじゃないか」

『いいな、その響き。もう一回言ってくれ』

欲求不満という言葉がいいなんて、初めて聞いた。もっとも、これも葛西のよく言うコミュニケーションのひとつだろう。葛西はなにかにつけ、伊月に甘い言葉を投げかける。

『惚気をたっぷり聞かされて、俺が恋しくなったんじゃないかと思ってかけてみたんだが』

ふっと伊月は頬を緩めた。

「それはもう厭ってほど聞かされた。結婚前の男ってみんなあんな感じなのかな」

『あんなって？』

「うー……ん。ちょっと恥ずかしくて、直視できない感じ？」

よほど彼女に惚れているのだろう、見ているこっちまで恥ずかしくなってくるほど、鈴木は幸せオーラを発散していた。

『ああ、そういう意味か。結婚前は関係ないんじゃないか。鈴木に限らず、恋人のいる男はみんな恥ずかしいだろう。確かに、結婚前がピークかもしれないが』

「葛西さ……」

葛西さんもそうだった？　——危うく問いかけそうになり、言葉を呑む。

息子の話はできても、元妻のことはとても口には出せない。伊月が気軽に話していいものだとも思えなかった。

『伊月？』

「あ——ごめん。鈴木に当てられたみたい。ぼうっとしてた」

鈴木の結婚話に過敏になっているのは間違いなさそうだ。これまでも周囲で結婚話はあったというのに、今回に限って必要以上に意識してしまう理由は明白だった。

葛西の存在があるからだ。葛西と一緒にいると決めたときから、伊月は多くのことを考え、覚悟を決めてきたのだ。

『俺もだよ』

葛西がいっそう声音をやわらげた。

『俺もいままさに恥ずかしい男だ』

「……葛西さん」

葛西の意図はわかっている。伊月のために言ってくれたのだ。

『今夜ひとり寝しなきゃならない可哀想《かわいそう》な男のために、ご褒美をくれないか』

伊月は、覚えず吐息をこぼした。

なんて贅沢《ぜいたく》な悩みなのか。

他人は他人。大好きなひとが伊月のためだけに愛の言葉を囁《ささや》き、甘やかしてくれるというのに、なにを不安に思う必要があるというのだ。

「——葛西さんは、やっぱり俺のことなんでもわかってるね」

他人と比べる必要などない。伊月は、自分の恋を全うすればいいだけだ。

『それならいいが。これでも、知ろうとして努力しているから』

「うん。ありがとう」

携帯電話で繋がっている葛西に、心を込めて告げる。

「俺の夢見て。俺も大好きなひとの夢を見るよ」

甘い気持ちでそう続けると、蕩けるような声が返ってきた。

『おかげでいい夢が見られそうだ。愛してるよ。おやすみ』

伊月もおやすみと返して、電話を終える。まだ玄関だったことに気づき、苦笑した。すでに親は眠っているからいいものの、息子のこんな猫なで声を耳にしたら、父親など飛び上がるにちがいない。

伊月も、鈴木や葛西に負けず劣らず恥ずかしい男だ。

携帯電話を鞄に戻し、階段を上がった。

ちょうど隣室のドアが開き、吹雪《ふぶき》と鉢合わせする。

「戻ってたんだ?」

顔を合わせるのは一カ月ぶりだ。

「うん。明日、出社前に寄りたいところがあるから。こっちのほうが近いんだ」

親は、会社の近くに借りているマンションで伊月が一人暮らしをしていると思っている。もちろん基本的に一人暮らしなのだが、葛西のマンションに行く回数が増えてきたので、親戚に長男が自立したと話しているのを耳にしたときには申し訳ない気分になった。

吹雪には、社内恋愛で相手が同性だというのは早い段階で打ち明けた。

吹雪はあまり驚かず、ほほ笑んでくれた。

「忙しそうだね」

「まあ、ぼちぼちかな。成功させたい企画があるから。明日寄るのも、その関係。ラオスのね、絹織物を扱っている店があるんだ」

「ラオス？　絹織物が有名なのは中国だと思ってた」

「中国のものとは、ぜんぜんちがうんだよ」

へえ、と吹雪が意外そうに答える。

「会社にはすっかり慣れた？」

この問いかけには大きく頷《うなず》く。

頑張れば頑張っただけの手応えがあるという点では、前職である営業の仕事以上だ。それに、いまは通したい企画がある。忙しいが、やりがいは感じている。

「なんか俺、いまの仕事、結構向いてるかもしれない」

個人プレーを好む性質ではなかったはずだが、自分の力量を試せる場が与えられるいまの仕事は案外性に合っていると、最近実感するようになった。

「吹雪は？　忙しい？」

常に行事に追われている印象があるので水を向けてみると、吹雪が浮かない顔になった。

なにかあったのだろうか。

「……忙しいってわけじゃないんだけど」

吹雪が学校の心配事を顔に出したことはこれまでなかった。

「どうかした？」

「受け持ちのクラスの子が、ひとり不登校になってて」

「……そうなんだ」

自分のクラスに不登校の児童がいることがどれほど大変で深刻なことなのか、吹雪の表情を見ればわかる。

疲労が色濃く表れていた。

吹雪は真面目だから、余計に考え込んでしまうのだろう。

「子どもって可哀想だなって、つくづく思う。親は自分たちの感情や都合で別れたりくっついたりすればいいんだろうけど、子どもに選択肢はないんだよ。傍《そば》で見ていることしかできない。それがどれほどつらいことか」

ため息混じりで話す吹雪は、迷っているようだ。吹雪の言うとおり、親の離婚は子どもに少なからず影響を及ぼすだろう。

「両親の仲が険悪で、自分がいない間に母親が出ていくんじゃないかと不安だから、学校になんて行けないって言うんだよ。そんな子に、とりあえず学校には来いなんて無神経なこと

――とても口にはできない。俺には、なにもできないんだから」

吹雪は一気に口にすると、肩を落とす。

おそらく吹雪のことだから、その児童の家に日参しているのだろう。学校に来いと言えないまま、話をするために通い続けているのだ。

「子はかすがいって言葉は、いまはないのかな」

顔も知らない吹雪の生徒を思い浮かべたあとで、伊月は写真で見ただけの葛西の息子の顔を脳裏に描いてそう言う。

吹雪は首を横に振った。

「そんなの、死語だよ。親は別れてしまえば他人になれる。でも子どもはそうはいかない。父親と母親の代わりなんていないんだから」

葛西の息子も子どもなりにたくさん考え、悩んだのだろう。葛西が息子のためにできる限りのことをしようとする気持ちも、それゆえなのだ。

彼が喜んでくれればいい。幸せになってほしい。

伊月も心から願っている。

好きなひとが大切に思っている相手には幸せでいてほしいという感情も、葛西とつき合ってから芽生えたものだ。自分たちが楽しければいいなんて時期は、とっくに過ぎた。そういう意味では、伊月も少しは大人になったのかもしれない。

「好きで一緒になったんだろうに」

それだけではないと承知でぽつりとこぼすと、

「所詮《しょせん》は紙切れ一枚」

吹雪はいつになく乱暴な言い方をした。そして、無理やり笑顔を作る。

「あ、ごめん。疲れてるときに変な話して」

伊月は肩をすくめた。

「たまには兄貴らしいことしたいし。聞くくらいしかできないけど」

歳《とし》が近いため、昔から兄とか弟とかいう感覚は薄かった。吹雪が自分を「伊月」と呼ぶのも、そのせいだろう。

「十分。学校外の人間に話して、ちょっと気が楽になれた」

礼を言って、吹雪は階段を下りていく。手にはパジャマがあるので風呂に入るようだ。

伊月は自室のドアを開けた。

「なんだかなあ」

ベッドに腰を下ろすと、両手を伸ばしてそのままごろりと仰向《あおむ》けに倒れる。

「……大人も子どもも楽じゃないな」

天井に向かってこぼし、寝返りを打った。

瞼《まぶた》の裏に葛西を思い描きながら。

葛西を想うとき、熱い感情が込み上げる。いつの間にこれほど夢中になってしまったのか、いまの伊月は葛西のいない生活など考えられなくなっている。

過去とかこの先とか、悩みだすときりがない。結局、それらはすべて「いま」の積み重ねなのだから、とりあえず前に進むしかないのかもしれない。

足場を固めて自分さえしっかりしていれば、なにがあっても揺らがずにいられるだろう。

「よし」

そう自分に言い聞かせて、伊月は勢いよくベッドから身を起こした。


翌日、家を出たその足でラオスの絹織物を扱っている店に立ち寄った。

実家から電車で二駅の近さで何度も前を通っていたというのに、これまで伊月は店の存在に気づかなかった。興味がないと、目にも入らないらしい。雰囲気のある外観を見過ごしていたなんて、己の迂闊《うかつ》さに呆《あき》れてしまう。

ログハウス風のドアや窓は絹織物で飾られ、三段ほどの階段の両側には白い花の鉢植えが並んでいる。日本の風景に馴染《なじ》みながらも異国情緒たっぷりだ。

「おはようございます。昨日お電話しました、ＡＺコーポレーションの藤井ですが」

開店前のため、インターホンに向かって呼びかけた。

『お待ちしてました』

昨日電話をした際に応対してくれた女性の声がして、まもなく店のドアが開く。中から現れたのは、四十代のすらりとした女性だった。

髪を後ろでひとつに束ね、臙脂《えんじ》に紺の柄の入ったラオス織物のスカートを身につけているが、山本美由紀《やまもとみゆき》という名前の彼女は生粋《きっすい》の日本人だ。

ご主人がラオスのひとで、彼女も五年ほどラオスに住み、夫婦で日本にやって来たのが三年前だと聞いている。

「藤井と申します。このたびは突然の申し出を快く受けてくださり、感謝しています」

名刺を手渡す。

店主は笑みを深くすると、伊月を店内へと招き入れてくれた。

「いいえ。少しでも興味を持ってくださるのは、とても嬉しいことですから」

趣味の延長で店を始めたという話だったが、とんでもなかった。造りつけの棚は色とりどりの織物で飾られ、どこから見ていいのか目移りするほどだ。

「店の名前の『ファン』っていうのは、夢って意味なんですよ。綺麗《きれい》な布に囲まれていると、夢みたいな気持ちになるので」

やわらかな表情で語る店主に、伊月も頰を緩めた。

「夢。ファンですか。いいですね——これらの織物は、すべてラオスからの輸入品ですか」

「はい。日本ではなかなか。これなど、いまはタイ族しか作ってないものなんです。お値段もそれなりに張りますけど」

「そうなんですか」

思わず感嘆の吐息がこぼれる。模様が複雑で、製作の困難さは推して知るべしだ。

さすがにタイ族の織物は高価すぎて手が出なかったものの、サンプル用に何枚か購入し、本題を切り出した。

「あの、たとえばもっと厚手の織物はありませんか」

意図があっての質問ではない。厚みや大きさがちがえば、用途が広がるだろうという発想からだった。

もし厚みを自在に変えるのが可能ならば、たとえば絨毯《じゅうたん》として使用することも可能だ。

「厚手のもの、ですか」

思案する様子で首を傾げた店主は、すぐに頷いた。

「うちにはありませんが、ラオスでは作られてますよ。イザリ織機というのを見たことがあります」

「本当ですか」

とたんに、道が開けたような気がしてきた。課題はあるが、和室に絨毯を使うのも、やり方によってはいい案かもしれない。

「それは、大きいものもできますか。たとえば、三畳とか四畳とか」

考えていた以上の好感触に思わず畳みかけると、店主は申し訳なさそうにかぶりを振った。

「さすがにそんなに大きいものはどうでしょう。竹のような棒をいくつも使った手織りですし、せいぜい幅は一メートルくらいじゃないかと」

「一メートル……」

期待に胸が膨らんだのはわずかな時間だった。ものの数秒で意気消沈する。棒を使用した手織りとなると、確かに大きさに限界はある。機械織りのようにはいかない。

伊月は心中で唸《うな》った。やはりそう楽には進みそうになかった。

「うちの店が取引しているラオスの業者さんをご紹介しましょうか」

考え込んだ伊月に、遠慮がちに店主が持ちかけてくる。

「すみません。ぜひお願いします」

伊月は頭を下げた。

気落ちしている場合ではない。きっとなにか手があるはずだ。

店主のありがたい申し出にもう一度伊月は心からの礼を述べ、連絡先のメモをもらって店をあとにした。

とりあえず業者に連絡をしてみよう。考えるのはそれからでいい。

駅に向かい、電車に乗るとそのまま出勤する。

出社した伊月を、鈴木が待ち構えていた。

「おはよう。昨日はごちそうさま」

「そんなことはいいんだけど、ちょっといいか」

鈴木は朝の挨拶《あいさつ》もそこそこに伊月を促す。

向かったのは、休憩室だ。伊月自身は喫煙の習慣はないが、休憩室にはコーヒーメーカーが置いてあるので普段はコーヒーを取りに行くために利用している。

時間に余裕があるときは休憩室の椅子に腰かけ、窓の外に広がる景色を眺めながらコーヒーを飲むときもある。

オフィス街を一望できる広く開放的な休憩室は社員の憩いの場であり、情報交換の場でもあるのだ。

休憩室に入ると、灰皿を囲んで煙を吐き出している先客を避け、部屋の隅に設《しつら》えてある椅子に座った。

「どうした？　なにかあったのか」

早速水を向けると、

「いや、たいしたことじゃないんだが、仕事場でする話でもないし」

そう前置きした鈴木は、昨日同様わずかに頬を紅潮させた。

「あぁ、昨日彼女に会ってくれないかって話をしただろ？　彼女に言ったらすげえ乗り気で、すぐにでも会いたいってさ。まったく、せっかちにもほどがあるよな。今日でもいいって言ってたんだけど、それはあんまりだから」

「明日？」

「明日、あいてるか」

どう？　とすまなさそうに切り出される。

鈴木は一見あっけらかんとして見えて、そのじつ他人への気遣いを欠かさない人間だ。行動力のありそうな彼女とのやりとりまで想像すれば、おかしくなる。

「俺は大丈夫。明日、楽しみにしてるよ」

「よかった」

鈴木は苦笑いで頭を掻いた。

「なんつーか、言い出したら聞かないからさ」

「そこがいいんじゃないの？」

伊月の軽口に、鈴木が見る間に赤面する。昨日今日と、鈴木の赤い顔を何度見ただろうか。

恋愛事に関しては本当に純情だ。

「そういえば、俺、今朝ラオスの織物を扱ってる店に寄ってきた」

これ以上からかうのは可哀想かと、話題転換する。鈴木が、二、三言ですむ話なのにわざわざ休憩室まで来て伊月を誘ったのも浮かれていると周囲に思われたくないからだろうし、ＴＰＯを弁《わきま》えたためだろう。

伊月が台なしにしてしまっては、あまりに気の毒だ。

「大変そうだな」

鈴木は表情を引き締める。

「大変っていうか——なかなか、難しそうだよ」

いいアイディアはないものか。いや、きっとあるはずだ。

「そっか。俺はそっち関係まったくセンスないからなあ。けど、最近はなにかとインテリアにも凝る人間が増えてきたっていうし、需要はあるんじゃないか。彼女なんて、おかげで商売繁盛してるみたいだから」

なにげない鈴木の一言に、伊月も深くは考えずに問い返す。

「鈴木の彼女って、なんの仕事してるんだっけ？」

だが、直後、鈴木の顔を熟視していた。

「言ってなかったか。インテリアデザイナー」

「インテリアデザイナー？」

反芻《はんすう》すると同時に鈴木の手を取り、握り締める。

「鈴木。ぜひ彼女を紹介してくれ」

参考意見を聞かせてもらえるのではないか、そんな下心が芽生える。もちろん、祝福の気持ちを忘れているわけではないが。

いまはどんな小さなことでもいいから吸収したかった。

「あ、ああ。そりゃそのつもりだし」

伊月の勢いに、鈴木はたじろぎつつ頷く。

鈴木の彼女がインテリアデザイナーというのも、なにかの縁のような気がしてきた。

「そのとき、ちょっと彼女に質問してもいい？」

「いいけど――藤井って見かけによらずひとつのことに猛進するタイプだよな」

思いがけず鈴木の評を聞いて、内心苦笑する。ひとつのことを考え始めると、突き進んでしまう性格は子どもの頃からあまり変わっていないということか。

「ごめん。明日は俺が奢るから」

明日は、仕事の質問ばかりしないように気をつけなければ。

あくまで本筋は、友人として彼女を紹介してもらうこと。仕事の話は二の次だ。

コーヒーを手に休憩室を出ると、ちょうど葛西が出社してきた。

そこここで挨拶の声が上がり、伊月も鈴木と声を揃《そろ》えて「おはようございます」と軽く一礼する。

「おはよう」

葛西は快活に答えると、こちらに歩み寄ってきた。

「どうだ。企画は進みそうか」

今日の葛西のスーツは、秋らしいチャコールグレーだ。決まった店で仕立てているので、寸分の狂いもなく身体《からだ》にフィットしている。

それには、葛西が体型を維持しているというのもある。三十九という年齢だが、だらしのないところなどまったくなく、胸や腹など伊月よりしまっている。

「あ……はい。一進一退ですが」

葛西ほどの高級スーツを身につける機会は一生ないだろうけれど、伊月も葛西を見習い、ちゃんと身体を鍛えてスーツを着こなせる男になりたいというのが密《ひそ》かな目標だ。もちろん、そのためには中身も磨く必要があるだろう。

「こいつ、明日俺の彼女と会うのに、仕事の話をするつもりなんですよ」

すかさず鈴木が口を挟んだ。

どういう意味なのかと葛西が視線で問うのに、仕方なく、鈴木の彼女がインテリアデザイナーなので意見を聞きたいのだと説明したが、あまり舞台裏を知られるのは格好いいものではない。

なるほどと頷いた葛西が、ふと、その目を伊月から鈴木に戻す。

「明日、私も同席して構わないか」

鈴木も驚いただろうが、伊月はそれ以上だった。まさか葛西がこんなことを言いだすなんて思ってもいなかった。

「え、本気ですか」

文字どおり、鳩《はと》が豆鉄砲を食らったかのような表情で目を瞬《しばたた》かせる鈴木に、葛西は笑顔で頷く。

「ああ。部下の花嫁になる女性だ。一度話をしたいと思っていた。駄目だろうか」

「駄目なんて、そんな」

すっかり恐縮して、鈴木は勢いよく首を左右に振る。

「彼女、喜びます。社長の話を何度かしたことがあって、すごく会ってみたいって言ってるくらいなんで」

「それはよかった」

葛西はにっこりほほ笑んだ。

伊月にとっては、新たな問題勃発といっても過言ではなかった。鈴木にしてみればスピーチを頼んだ同僚と社長に彼女を紹介するいい機会という認識だろうが、伊月はそうはいかない。

葛西は、ただの上司ではないのだ。

鈴木と彼女に、伊月も恋人を会わせるのと同じことになる。どうして平静でなどいられるだろうか。

「どうかしたのか、藤井」

複雑な伊月の心情など察さず、葛西は安穏とした視線を投げかける。

葛西の意図が、伊月にはさっぱり読めない。

「いいえ。なんでもありません」

それでもそう答えざるを得なかった伊月の肩に、葛西の手がのった。

「通常業務と企画書で大変だろうが、頑張ってくれ」

激励の言葉を残して社長室へと去っていく背中を、無言で見送る。

現在、当初の心配をよそに、会社とプライベートの切り替えは思いのほかうまくいっている。伊月自身、みなの前では葛西を恋人として見ていないのだが——明日はどうなることか。

自分にできるのは、精いっぱい普通に振る舞えるよう努力する、それだけだ。

なにしろ葛西とふたり揃って他者と会うのは初めてなのだ。想像もできないから、自分がどうなるのかわからない。

挙動不審になるか、それとも意外に普通に乗り切れるのか、それすら予測できなかった。

「なんだか、妙に緊張してきたな」

伊月の戸惑いをよそに、鈴木はそんなことを言いながらデスクに戻っていく。

伊月も自分のデスクに戻る間に、なんとか思考を仕事モードに切り替えた。明日のことは気がかりだが、いまから悩んでもどうしようもない。案外自分が世間体を気にする小心者だったと気づいた事実は、よかったと思うことにする。

何事も経験だ。

3

八時に会社の近くにあるホテルのレストランで待ち合わせた。鈴木はいったん彼女を迎えに行ってから、ふたりで一緒に来るようだ。

レストランを選んだのは鈴木だが、鈴木らしい配慮が表れている。優しいモノトーンで統一された店内は堅苦しい雰囲気ではないが、適度に高級感もあった。

テーブルの間隔は広く、ゴブラン織りの椅子もゆったりとして、家族でも恋人同士でも文句なくくつろげる。

白いテーブルクロスの上には――季節によって変わるのだろう――淡い紫色のコスモスがガラスの花瓶《かびん》に生けられている。

ランプシェードは、ステンドグラス。

料理もうまいと評判なので、リピーターが多いと聞く。

伊月ひとりなら居酒屋でもいいが、葛西が来るというので急遽《きゅうきょ》場所を変更したのだろう。

伊月がレストランに着いたのは約束の十五分前で、その間に腹を括《くく》るつもりでいた。けれど、伊月の目論見《もくろみ》は五分足らずで敗れる。

鈴木たちのみならず、葛西も到着してしまった。

窓際のテーブル席まで歩み寄ってくる三人を、伊月は立って迎えた。

「早かったんだな」

と、葛西。

「駐車場でちょうど社長と会って」

にこやかな笑みで、鈴木がそう言った。

「仕事が早めに終わったので」

伊月は背筋を伸ばし、鈴木の隣に立っている小柄な女性に向き直った。

「藤井と言います。鈴木とは、デスクが隣同士で仲良くしてもらってます」

「多嶋晴美《たじまはるみ》です。藤井さんのことはよく彼から聞いてたんですけど、イメージどおりの方でびっくりしました」

快活な声で話す彼女は、きっと性格も明るいのだろう。瞳がきらきらしていて、体躯《たいく》も顔立ちも小作りな可愛《かわい》い女性で、いかにも鈴木のタイプだった。

つぶらな瞳に、ショートヘアがよく似合う。

「私とは駐車場で自己紹介し合ったし、座ろうか」

葛西の仕切りで、それぞれ椅子に腰を下ろす。もちろん鈴木と彼女が並び、伊月と葛西が並んで座った。

「早速だが」

葛西がまず話の口火を切る。

「鈴木は、藤井のことをなんて話したの？」

よもやそんなところから入るとは予測していなかった。そこは食いつくところではなく流すところだからと冷や汗を掻きつつ、隣の葛西を横目で見る。

葛西はいつもと変わらず、いたって自然体だ。

「えっと、そうですね」

晴美は顎《あご》に人差し指を当て、物怖《ものお》じせずに応じる。

「顔もいいし、一見繊細なイメージなんだけど、意外に熱血な奴——だったと思います。あと、絶対もてるはずなのに彼女はいないのかな、なんて心配してるから、私、もしかして鈴木くんってその藤井さんのことが好きなのかしらって疑ったこともあるくらいです」

社長である葛西の前でもまったく臆《おく》することなく、茶目っ気を見せた。

「おまえ、なんてこと言うんだ」

鈴木はたじたじだ。この調子なら、きっと尻に敷かれるのだろう。

「なかなかいい線突いてるかもしれないな。藤井は案外熱血だし、鈴木は面倒見のいい奴だから、いいコンビだと思っていたが——そうだな。今後は鈴木が藤井を口説かないよう、私も注意しておこう」

葛西の返答がよほど面白かったらしく、晴美はくすくすと笑いだした。ウエートレスがやって来てもおさまらず、必死で笑いを堪《こら》えている様子に伊月は親しみを覚えた。

伊月ひとり焦ってもしようがないので、開き直って肩の力を抜いた。

ワインは葛西が選んだ。

前菜は、帆立と青梗菜《チンゲンサイ》のクリームソース和《あ》え。キャビアが添えられている。

「だが、いまのところ問題はなさそうだ。きみの隣で鈴木の鼻の下は、見ていられないほど長く伸びてるよ」

「え」

葛西の言葉に、鈴木は反射的に口元を手で覆った。からかわれたとわかると決まりが悪そうに、思いきり鼻を擦《こす》る。

「勘弁してください、社長。それについては反論できないんですから」

鈴木が彼女に惚れこんでいるのは、一目瞭然《りょうぜん》だ。似合いのカップルだと、実際に会ってみて実感する。

「いいじゃないか。この時期に鼻の下を伸ばさなくて、いつ伸ばすっていうんだ」

葛西もそう思ったのだろう、終始笑みを絶やさない。

「……そうなんですけど！」

鈴木は半ば自棄《やけ》のように認めると、隣で晴美の頬も心なしか赤らんだ。

「まずは乾杯しようか。仲睦《なかむつ》まじいふたりに」

葛西は気にせず、なおも鈴木と晴美を赤面させてしまう。今日はふたりの盛り上げ役に徹するつもりらしい。

「ふたりの馴れ初めを、社長はご存じですか？」

伊月も倣《なら》うことにした。いうなれば、鈴木と晴美が主役で、葛西が聞き役。伊月はさしずめ太鼓持ちというあたりか。

伊月が振った話題に、葛西はすぐにのってきた。

「いや。これからじっくり聞きだそうと思っていたところだ。そうだな、お互いの第一印象から聞きたいかな」

合コンで知り合ったというのはすでに本人の口から教えられていたが、そういえば第一印象まではまだだった。鈴木がいちいち照れまくることもあって、この話題は大いに盛り上がった。途中からふたりも開き直ったのか、伊月が恥ずかしくなるほどの仲のよさを示してくれた。

ようは、お互い大好きだと告白し合っているようなものだ。顔に似合わず鈴木がロマンチストだというのもよくわかった。

きっといい夫、いい父親になるにちがいない。

「そういえば、おまえ、晴美に質問があるとか言ってなかったか」

食後のコーヒーが出される頃になって、鈴木が水を向けてきた。

「──そのつもりだったんだけど」

せっかくの機会だが、この場では無粋になるような気がしてきた。打ち解けていい雰囲気になっているのに、仕事の話をして水を差すのは気が引ける。

「もういいよ」

断ったものの、鈴木は構わず促した。

「大丈夫だって。こいつ口は堅いから、よそで喋ったりしないし。織物のことだよな」

まだ企画が通るかどうかもわからないし、他言されることを心配しているわけではなかったのだが、口ごもった伊月に、晴美のほうが身を乗り出してきた。

「なんでしょう。なんでも聞いてください」

葛西は口を出さない。織物のことと鈴木が言ったので、伊月がなにについて質問したがっているのかわかっただろう。

場違いな話題を切り出さなければならなくなった気まずさに、伊月は申し訳ない気持ちになりながら、じつはと話し始める。

「ラオス織物を、和室とマッチさせられないかと思ったんです。あまりエキゾチックにならず、あくまで和室のインテリアとして──それで、助言をいただけたらと」

「ラオスの織物ですか」

晴美の顔つきが変わる。

明るくて物怖じしない女性というイメージはそのままだが、これまでの甘いムードが払《ふっ》拭《しょく》され、ぴんと糸を張ったような緊張感を見せた。

仕事に情熱とプライドを持っている女性だと容易に想像できる。

伊月は、中途半端に濁すのはやめることにした。

「日本人はわりと和室にこだわりがありますよね。その点は古風というか——なので、これをメインにというよりも、あくまで選択肢のひとつにしたいんです」

漠然としたイメージを伝えると、晴美は残念そうに小首を傾げた。

「ごめんなさい。勉強不足でラオスの織物を見たことがないんですけど——」

見たことがなくても不思議ではない。ラオスの織物は日本ではポピュラーだとは言い難い。

伊月も知ったのはごく最近だし、たまたま親戚からお土産でもらったという小さな織物を目にしただけだ。

「でも、最近は本当に和室のイメージって個々で変わってきてますよ。こうじゃなきゃっていうものがなくなってるんです。たとえば、とことん古風に囲炉裏《いろり》なんてつけてみたり、それこそ茶室風だったりする一方で、畳で遊んでみたり」

「畳で遊ぶ、ですか」

「ええ」

晴美は深く頷いた。

「すごいものになると、レザーとかデニムっていうのもありますよ。ああ、もちろん縁じゃなく、畳そのものがですよ」

「それは――すごいですね」

レザーやデニムの畳があるとは初耳だ。想像しても違和感がある。

「あくまで和室なわけですから全面に敷き詰めるというよりは、アクセント的な使い方になりますけど」

「ああ、それならなんとなくわかります」

囲炉裏のある和室の一部にレザーの畳。

渋い色合いだと、斬新だが案外マッチするかもしれない。

「すみません、あまりお役に立てずに」

「いいえ。十分参考になりました。ありがとうございました」

和室の考え方は、かなりフレキシブルだと思っていいのかもしれない。各人の抱《いだ》くイメージや好みも反映されるということだ。

「……畳か……畳」

織物を畳の縁に使うのは、普通にうまくいきそうだ。

それなら畳自体に織物を使ってみるというのは？　たとえば中央だけ使用した場合――囲

炉裏があってもなんら違和感はなさそうだ。茶室の襖《ふすま》の一部に使うというのはどうだろう。

検討してみる価値はある。

「まったく」

呆れた声に顔を上げると、鈴木は疲れた仕種《しぐさ》でかぶりを振った。

「なんだろうな。この色気のなさは」

「あ、悪い」

つい考え込んでしまった。

慌てて謝罪すれば、すかさず鈴木が突っ込んでくる。

「じゃなくて、マジで心配してるんだって。浮いた話ひとつなくて、仕事の鬼。二十代の男としてどうだよ。その気になれば、いくらでも相手はいるんじゃないか」

「いくらでもって……そんな」

反射的にちらりと葛西に目をやった。

それまで黙っていた葛西が、伊月の代わりに笑顔で答える。

「いるんじゃないか」

反応に窮したのは、伊月だ。

興味を示す鈴木と晴美の前で、どうフォローしていいのか困る。そもそも伊月が答えられない理由は葛西が一番知っているはずなのに。

「こいつ、誰かいると思います？　いて、隠してるんですかね」

鈴木の問いかけに、葛西はいたって真面目な表情で答える。

「隠してるというか、藤井の性格を考えればあえて言わないだけという可能性もあるんじゃないかな。浮いた話がないのは、もう決まった相手がいるからだろう。藤井は仕事と一緒で、恋愛に関しても情熱家だと思うんだが――どう？」

「………」

しかもあろうことか伊月に返事を求めてくるのだから、なにを考えているのか。反応を面白がっているとしか思えない。

「どうなんだよ。おまえ、社長まで心配してくれてるぞ」

「え……あ、だからそれは」

鈴木に詰め寄られ、言い淀《よど》む。

鈴木は、いままで自分が肴になっていただけに、逃すものかとでも思っているのかしつこく聞いてくる。

「じつはちゃんと相手がいて、黙ってるって？」

「それは……だから」

すっかり閉口し、瞳を泳がせた。

伊月がしどろもどろになったせいで、鈴木は肯定と受け取ったようだ。

「なんだよ。その様子だと、ほんとなんだな。ちぇ。水くさいぞ」

拗《す》ねた顔で舌打ちまでされては、いまさら「ちがう」とも言い難《にく》い。かといって認めてしまえば、根掘り葉掘り質問されるのは目に見えているので、不用意に頷くこともできなかった。

困った……。

当たっているだけに——しかもそれが葛西の口から出たことなので、なおさら戸惑う。

「じつは、私もこう見えて情熱家なんだ」

思わぬところから救いの手が伸ばされた。伊月を窮地に陥れた葛西が、今度は注意が自分に向くよう仕向けた。

「惚れた相手のためには手間を惜しまないし、とことん尽くす」

話題としてはこれ以上のものはなく、最初に晴美が食いついた。

「あ、いまの言い方。やっぱりどなたかいらっしゃるんですね」

「やっぱりってことは、いるように見えるってこと？」

「もちろん」

葛西は口許《くちもと》に笑みを浮かべ、頷いた。

「当たり。とても大事なひとがひとり」

葛西の返事を聞いて、かあっと頬が熱くなる。どういう顔をしていいのかわからず、身の置き場に困って伊月は思わず顔を伏せた。

「マジっすか！」

鈴木にとっても一大事だ。独身主義だと思っていた自社の社長が、自ら恋愛事について暴露しているのだから。

「素敵。どんな方なんですか」

晴美など、うっとりしている。

ふたりの興味は、煮え切らない伊月から葛西に移った。

当然だろう。葛西の色恋沙汰《ざた》など誰も知らない。飲み会の席で酔いにまかせて問う奴がいるにはいるが、葛西はいつもはぐらかしてきたのだ。

「社長をそんなふうに言わせるとは、よほどの相手なんですね。美人なんですか」

自分を置き去りにして交わされる話に、伊月は動揺し、背中に汗まで滲《にじ》んでくる。

「ああ、美人だな。おまけに可愛い。外見も可愛いが、それ以上に中身が可愛い。一緒にいると、いっそこのまま閉じ込めてしまいたい衝動に駆られるよ」

葛西の言葉を聞いて、晴美が吐息をこぼす。

「愛してらっしゃるんですねえ」

これほど恥ずかしいことはない。そわそわとし始めた伊月の隣で、葛西がほほ笑んだ。

「心から」

その蕩けそうなまでの表情を目の当《ま》たりにして、とうとうテーブルに目を落とす。

「心から愛してる。夢中なんだ」

葛西の並べる、歯の浮きそうな言葉を隣で耳にして平静を保てるはずがない。

頬はおそらく茹《ゆ》で蛸《だこ》のようになっているだろう。酸欠にでもなったかのように頭がくらくらしてきた。

我慢の限界だ。これ以上はとても堪えきれず、伊月は目の前のグラスを手にした。ワインを一気に飲み干すと、すっくと立ち上がる。

「その……すみません。トイレに行ってきます」

とにかくこの場から逃れたい一心で中座する。

あとのことは考えられなかった。

「大丈夫か。おまえ、顔が赤いぞ」

鈴木が声をかけてくるが、平気と小さく返すのがやっとで、足早にトイレに向かった。

途中ふらついたのは、酔ったせいではない。ワインの一杯や二杯で酔うわけがない。

なんとかトイレに逃げ込むと、意味もなく手をごしごし洗った。本当は顔も洗いたかったが、髪が濡《ぬ》れてしまっては変に思われるだろうから我慢する。

「……もう、なに考えてるんだよ」

鏡を見ると、やはり顔が真っ赤になっていて、さらなる羞恥心《しゅうちしん》に駆られる。

このままでは席には戻れない。葛西の恋愛話に動揺しては、なにかあると白状しているようなものだ。

「葛西さんのせいだからな」

鏡に向かって責めたとき、ドアが開いた。

振り向くとそこには、たったいま名前を呼んだばかりの葛西が上機嫌で姿を見せた。

「……鈴木は？」

「俺だけだ。ふらついていたから、様子を見てくると言ってきた。酔ったわけじゃないだろうが」

トイレに入ってきてドアを閉めた葛西は、くすりと口許だけで笑う。

「いや、こういうのもある意味酔ったっていうのかな」

伊月は精いっぱい仏頂面をつくった。

「鈴木がびっくりしてた。ていうか、俺もびっくりした。どういう顔していいか、困ったじゃないか」

いまだ火照ったままの頰に手のひらを当て、上目で睨《にら》んだが、当人は少しも悪びれた様子はなく「悪かった」と謝罪してくる。伊月の傍までやって来ると、伊月の頰の手に自分の手を重ねた。

「けど、これくらいこっちも言ってやらなきゃな。惚気られてばかりじゃ、面白くない。そうだろう？」

同意を求められて頷きかけたものの、もともと目的はその惚気を聞くことだった。

「だけど、今日は鈴木たちの話を聞くために来たんだし」

伊月がそう答えると、半分はね、と葛西はおどけたように片眉を上げた。

「残りの半分は、俺たちの話を聞かせてやるため」

「…………」

ようやく葛西の意図に気づく。同席を望んだのは、初めからそのつもりだったらしい。

「なんでそんなこと……俺、急にどうしようかと思った」

いま思い出しても赤面してしまいそうで伊月が睫毛《まつげ》を伏せると、頬に添えられていた手が後頭部に回る。そっと唇が近づき、瞼に触れた。

「言っただろう？　恋する男は恥ずかしいって」

「ほんとだね」

これには、照れ隠しに小さくこぼすと、葛西はやわらかなまなざしを伊月に投げかけた。

「そうさせているのは、伊月なんだけどな」

「え……」

伊月の脳裏に、ふと、一昨日《おととい》の会話がよみがえる。あのとき伊月は鈴木にすっかり当てられ、羨ましくなり、同じような話を葛西にした。葛西が結婚するときも恥ずかしい男になったのかと、問おうとしてやめたのだ。

「――もしかして」

今日のことは俺のため？

口にはできない俺の気持ちを察したから？

友人にすらなにひとつ打ち明けられない関係を少し寂しく思ったのも、葛西は感じ取ったのかもしれない。でなければ、葛西があえてこんな真似をする理由がない。

「葛西さんって……すごいね」

手間を惜しまないし、伊月をとことん甘やかしてくれる。

おかげで伊月はいつも葛西に守られ、蕩かされ、夢心地になる。

「厭だったか？」

間近で見つめられて問われ、伊月は胸を熱くしながらかぶりを振った。

「困ったけど、厭じゃなかったよ」

両手を葛西の背中に回す。自分から唇を寄せ、触れ合わせた。薄く解《ほど》くと、どちらからともなく口づけを深くした。

「ん……」

舌先が上顎をなぞる。口中をくまなく探り、伊月の舌に絡む。吐息を奪い合うように、夢中でキスをした。

膝《ひざ》が震えてくるのがわかったが、どうすることもできない。頭の中がぼんやりとしてきて、葛西にしがみつくのに精いっぱいだ。

「――伊月」

葛西が、やや荒くなった呼吸の合間に伊月の名前を呼んできた。その声にも感じて、伊月は甘い吐息をこぼした。

「おいで」

腰を抱き寄せられ、個室に導かれる。

「声だけ、我慢して」

耳に直接囁かれ、腰が砕けた。ふらりとよろめいた伊月を葛西は抱きとめると、スラックスのベルトを外しにかかった。

「あ……や」

「じっとしてて」

「でも、こんなところで……」

「でも、これじゃ戻れないだろう?」

「……んっ」

スラックスの前が開かれる。下着越しに撫《な》でられて、すでに自分が昂《たか》ぶっていたことを自覚する。葛西の言うとおり、こんな状態ではとても席には戻れない。

葛西は伊月の性器を撫でると、焦《じ》らすことなく下着の中に手を入れてきた。

「……ぅ」

危うく声を上げそうになり、唇を噛む。誰かトイレに入ってきたとしても、声を抑え切れるかどうか自信がない。

「……ふ……ぅん」

葛西に支えられてなかったら、自力で立っていることも難しくなってきた。

大きくて器用な手は正確に伊月の弱い場所を責め、伊月を追いつめていく。噛んだ唇は葛西によって解かれ、代わりに口づけで塞《ふさ》がれた。

不自由な状態で与えられる快感は、一気に伊月を昂ぶらせる。目が眩《くら》むほどの愉悦に、伊月は瞳を潤ませた。

「ん……ぅ」

射精感に腰が揺れる。

もう駄目と訴えたくて小さく首を左右に振れば、最後を促して葛西の手の動きが速くなった。

「ぁう」

これ以上我慢できずに伊月は仰《の》け反る。ドアに背中を預け、直後、震えながら達した。

身体の力が抜けた伊月を支えた葛西が、便座に座らせてくれる。絶頂の余韻のためしばらく動く気にはなれない伊月の代わりに、衣服も整えてくれた。

こんな場所でサカってしまった自分に呆れる。葛西に触れられると伊月は、すぐに駄目になる。自分のことなのに、自分ではコントロールできない。以前よりひどくなっているような気がしている。

「さあ、これで終わり」

最後にネクタイの歪《ゆが》みを直される。伊月が脱力している間に、葛西がすべてやってしまった。

「ほら、立って。そろそろ鈴木が心配して見に来るぞ」

葛西が伊月の腰に腕を回し、便座から立たせる。伊月は長い息を吐き出し、大丈夫と葛西から身を離した。

「行ける?」

「ん」

個室を出る。手を洗う葛西を眺めているうち、少なからず情けない気持ちになってきた。

「……俺って、こんな奴だったんだ」

葛西に触られたら、所かまわず感じてしまう。昔の伊月は、ベッド以外で行為に及ぶなんて考えもしなかったし、そもそも自分が恋愛体質だなんて思いもしなかったのだ。

「しかも手がかかるし――厭になる。いままで気づかなかった」

なにからなにまで面倒を見てもらっているような気がする。このままでは葛西なしではなにもできなくなりそうだ。

ハンカチで手を拭《ふ》いている葛西は、鼻歌でも歌い出しそうなくらい上機嫌な声を聞かせる。

「手がかかる？　俺としては、もっと甘えてほしいくらいだ」

これには賛同できない。可能性がゼロではないから、なおさら否定する必要がある。

「冗談。そんなことしたら、俺、葛西さんと一日も離れて暮らせないほど駄目な人間になりそう」

どんな場面を想像してか、葛西の顔に愉《たの》しげな笑みを浮かんだ。

「いいな。俺がいなかったら、一日もいられない伊月」

「……そういうこと言うから」

ますます図に乗ってしまうのだ。もし自分が駄目になったら、半分は自分のせいだが、あとの半分は葛西のせいだと心中で責めつつため息をつく。

「もう、どういう顔で鈴木たちに会えばいいんだよ」

トイレで行為に及んでしまったという羞恥心は拭《ぬぐ》えない。鈴木の前で葛西と並んで、普通にしていられる自信がなかった。

「藤井」

突如、トイレのドアが開いた。悩んでいるうちにも、鈴木が心配そうな顔でトイレに入ってきたのだ。

「大丈夫か。気分でも悪くなった？」

咄嗟《とっさ》に俯《うつむ》いてしまった伊月を庇《かば》うかのように、葛西が一歩前に出る。まだ心の準備ができていなかったので、まともに鈴木と顔を合わせられない。

「ここのところ連日忙しかったせいで、ワインに酔ったらしい」

葛西の言葉に、鈴木がいっそう心配げな様子を見せるから、よけいに気が咎《とが》める。

「藤井、仕事と企画に奔走してましたから」

鈴木の気遣いに、

「そうだな」

葛西が相槌を打った。

「俺たちのことはいいんで、社長、藤井をお願いします」

「悪いな。私たちはこれで失礼するから、彼女によろしく伝えてくれ」

ふたりの会話を耳に、肩身の狭さから伊月は身を縮めた。どうやらその様子が鈴木の目には具合が悪いように見えたらしい。

「無理すんなよ」

労《ねぎら》いの言葉をかけてくれる。ますます居た堪れない気持ちになり、俯いたまま伊月は無言で頷いた。

「藤井のことは私に任せてくれ。責任を持って送っていこう」

葛西がにこやかに告げる。

「お願いします」

一方で鈴木は、誘ったことにさえ責任を感じているようだった。

「早く彼女のところへ戻ってやれ。こっちで会計はすませておくから」

「――すみません。じゃあ、遠慮なく」

鈴木が出ていき、ふたたび葛西とふたりになる。

傍で葛西と鈴木のやり取りを聞かされていた伊月がようやく解放された安堵から胸を撫で下ろすと、葛西は伊月の腕を取った。

「これ以上誰も来ないうちに、帰ろうか」

「……はい」

いろいろ反省すべき点はあるが、なによりショックなのは葛西自身はネクタイひとつ緩めなかったという事実だ。自分だけが我慢できなかった。節操がないにもほどがある。

「先に車に乗ってて」

トイレを出たあと、葛西は会計をすませるためにいったん伊月から離れる。車のキーを手渡された伊月は先に駐車場に向かいながら、ずるいと呟《つぶや》いた。

伊月は葛西に触れられるとすぐにその気になってしまうというのに、葛西本人はいつも余裕がある。

いまだって平然としているのだ。

「待たせたね」

助手席で待っていると、葛西がやって来た。

車に滑り込んだ葛西に、伊月は恨めしげな視線を投げかけた。

「どうかしたか？」

涼しい顔で問われ、口を歪める。

「葛西さんは、ずるいよね」

子どもっぽい愚痴だというのは重々承知のうえだ。一方的とわかっていながら責めた伊月に、葛西は気分を害することなく穏やかな手で髪に触れてきたが、こういうところも自分との差を見せられているようで面白くない。

「葛西さん、いつも余裕で。俺ばっかり必死で——いまだって」

言葉を切る。

葛西さんはしなくて平気だったのか、なんて問えば、まるでもっとトイレでしたかったみたいではないか。

「いまだって——なに？」

優しく問い返されても黙っていると、いきなりぐいと引き寄せられた。

「ん……」

唇を塞がれ、舌を内側に這《は》わされて自然に口が開く。葛西は強引に舌を入れてきた。口中を散々好きにして、最後に音を立てて離れていくと、何事もなかったかのようにエンジンをかける。そのまますぐにホテルの駐車場をあとにした。

「トイレにあれ以上いたら、困るのは伊月だと思うぞ」

「………」

確かに困る。いつの間にこんなに快楽に弱くなったのか——いまも困っている。葛西に触れられると伊月は拒むどころか、先をねだってしまいそうになる。

ぼうっとなった頭で、伊月はそっと濡れた唇を拭った。

唇が熱い。ふたりきりの車内で、もっとキスしたいなと思う。

キスして、抱き合いたい。

自分がこれほど貪欲《どんよく》だというのも、葛西に教えられたことだ。

数十分ほどで葛西のマンションに着く。

十六階建てのマンションの最上階の部屋は、ひとりで住むには広すぎる４ＬＤＫだ。マンションでありながらちゃんと門扉があって、角部屋なのでバルコニーもついている。

葛西の部屋から自分の部屋に戻ると、ごく普通のはずの部屋が質素に見えてしまうのもしようがない。

「伊月」

玄関のドアの前で、葛西に呼ばれた。

返事はしなかったが、ドアを開けるとすぐに葛西は伊月の腕を取った。

らしくないほど強い力でドアの中に引き入れられる。靴を脱ぐ間を惜しむかのような勢いで抱き寄せられた。

キスをする傍ら、ネクタイと上着を剥《は》ぎ取られていく。

「……葛西……さ」

ふたりきりになった安堵と再燃した欲望から、伊月は葛西に抱きついた。

葛西は伊月のワイシャツの前を開いてしまうと、首筋を舐《な》めながら背中に両手を這わせてくる。こうなって自分が、どれだけ焦れていたのか知る。

「葛西さ……ベッドに」

「待てない」

「ぁ……でも」

葛西の手はゆっくりと下がっていく。そのまま伊月の尻を両手で摑《つか》むと、自分に引き寄せた。

「……ぅん」

「我慢していた。わかるだろう?」

葛西の熱を押しつけられて、伊月は震えた。布越しでも十分だった。葛西の昂ぶりを感じて、完全に身体に火がついた。

「早くほしくて堪らなかった」

「……ぁ」

「厭か？」

厭なはずがない。場所なんて関係なくいつも葛西を欲しているのだ。葛西に求められて理性なんて保っていられるはずがない。

「厭……じゃない」

「――伊月」

普段は紳士的な葛西が、乱暴な手つきで伊月のスラックスを下着ごと下ろす。肩口やうなじに口づけられながら性器と後ろを同時に責められて、あっという間に身体が解ける。

「あ……ぅっく」

「早く挿《はい》りたい」

「挿っ……ふ……ぅん」

伊月の滲ませた滑りを助けに、指が挿ってきた。浅い場所で馴染ませたあと、奥へと押し込まれる。

「あ、あ……」

身体が燃えるように熱い。それ以上に、首筋に触れる葛西の吐息が熱くて、そこから焼けそうだ。

自力で立っていられなくなった伊月は、葛西の上着に両手ですがった。

「やわらかくて、熱くて――指が蕩けそうだ」

「葛西さ……や……も」

伊月の内側を探ってくる指に、気が変になってしまいそうだ。奥深くをまさぐり、広げ、時折抜き挿しされて、愉悦のために眩暈《めまい》がした。

「葛西さ……ん……葛西さ……」

「欲しい？」

「う……んっ」

「俺もだ。欲しくてどうにかなりそうだ」

身体が返される。葛西は伊月を壁に向かわせると、ワイシャツを剝ぎ取った。

尻の狭間《はざま》に葛西の昂ぶりが押し当てられる。両手で割り開いた場所に何度か擦りつけられ、伊月はその動きだけで達しそうになった。

「あ」

思わず壁に指先を立てる。

狭い入り口を葛西はゆっくり、強引に開かせて挿ってくる。

痛みはほとんどない。受け入れることに慣れた身体は、痛みや苦しさも快感として捉《とら》えてしまう。

「ん……ぁ」

「伊月」

伊月の内側を味わうように、時間をかけて葛西は伊月の中を満たしていく。

「あぁ……も、無理」

「もう少し」

腰を引き寄せたかと思うと、最後に大きく揺すり上げた。

「あぅぅ」

これまで経験したことがないほど深い場所で葛西の熱と脈動を感じて、伊月は背中をしならせた。

ぱたぱたと床に快感の証《あかし》が散る。

「……あぁぁ」

自然に涙がこぼれ落ちた。性器に触れられてもいないのに、挿入された衝撃だけで達してしまったことが信じられなかった。

「……すごいな。伊月の中が」

「や……言わな……」

自分の身体だ。どうなっているかくらい、伊月自身が一番わかっている。

「どうして？」

葛西が耳元で甘く聞いてくる。それにさえ感じて、体内の葛西を締めつけた。

「だ……って」

「だって、なに？」

葛西が触れているところ全部が感じる。繋がっているところは、そこから溶けだしてしまいそうだ。

「こ……んなの……あぅ」

ぐいと突き上げられて、濡れた悲鳴がこぼれた。達したばかりの性器からは、雫《しずく》が止めどなくあふれ出る。

「こんなのって——伊月が、こんなに感じてること？」

「ちが……っ」

図星を指されて咄嗟に否定する。玄関で立ったまま受け入れて、浅ましいほど感じている自分が恥ずかしかった。

「よくない？」

葛西の手が胸を這う。

胸の尖《とが》りを指で弄《いじ》られると、どういうわけか身体の奥深くが気持ちよくなる。

「あ、あぁ」

胸を愛撫《あいぶ》されながら優しく揺すられて、抑えようのない快感に伊月は我を忘れた。

「でも、腰が揺れてる」

「ぁう……あぁ」

「俺はすごくいい。伊月は？」

甘い声の問いかけに、これ以上取り繕うことなんてできなかった。

「きも……ちいい……ぁ」

なにも考えられない。口先の言い訳なんてもうきかない。気持ちよくて、どうにかなりそうだった。

伊月は、快感を追いかけることに集中する。

「あ、あ……いい」

「ここから、蕩けてなくなりそうだ」

「うんっ……すご……」

本当に蕩けてしまう。どこからが自分で、どこからがちがうのか、あやふやになる。

濡れた性器を、自分で包み込んだ。堪えきれずに擦って、二度目のクライマックスを迎える。

「あぁぁ、いく」

ぎゅっと握り締めた手が、直後、吐き出したもので濡れる。内股《うちまた》を伝わる感触にすら感じて、ぶるりと腰が震えた。

「伊月――」

葛西が小さく伊月の名を呼び、これまで以上に深い場所を抉《えぐ》る。叩きつけられた熱い飛沫《しぶき》に、伊月は声を抑えられなかった。

平生ならばとても聞いていられないような嬌声《きょうせい》を上げ、葛西の終わりを受け止める。絶頂のために傾いだ伊月を、葛西が抱き止めた。

指先にすら力が入らない。ずるりと葛西が抜けると、伊月は葛西に体重を預けた。

床から足が浮いても、なにもせずに葛西に身を委《ゆだ》ねたままだった。

伊月を抱え上げた葛西が向かったのは、寝室だ。葛西は伊月をベッドに下ろすと、上着とワイシャツを脱いでいく。伊月は寝転んだ状態のまま、裸になった葛西をとろんとした目で見上げた。

「まだ……する？」

「そうだな」

隣に横たわった葛西が伊月の肩を抱く。

「伊月が可愛いから、もう一回したいな」

「ん……」

葛西の体温と匂いに包まれ、伊月は自分から肌を摺《す》り寄せていった。

唇を近づける。が、葛西は伊月を止めた。

「その前に、渡したいものがあるんだが」

「渡したい——もの？」

「そう」

葛西が、伊月の前に手を差し出してみせる。その手のひらの上には、ベルベットの丸いケースがあった。

「俺に？」

頭も視界もぼんやりとなっていた伊月だったが、大事なものだというのはわかる。懸命に理性を手繰《たぐ》り寄せると、頬を引き締めた。

「そう、伊月に」

自分に向けられる情のこもったまなざしを意識しつつ、受け取る。

「開けてみて」

促されてケースの蓋《ふた》を開いてみると、中に入っていたのはプラチナのペアリングだった。

「……これ」

驚きすぎると、なにも言えなくなるらしい。伊月は無言でリングを見つめる。

「指につけることは無理かもしれないが、一応、けじめのつもりだ」

「…………」

「受け取ってくれないか」

こういうとき、なんと答えればいいのだろう。いや、答えは決まっているのだが、声がうまく出てくれない。

緊張して震える唇を噛み締めた伊月に、葛西が目を細めた。そして、髪を撫でると、こめかみに口づけてから、ケースのリングを抜き取った。

「ずっと一緒にいてほしい」

甘い声で囁いた葛西は、伊月の左手を取る。

薬指を滑っていくリングを、伊月は無言で見つめていた。いつの間に計ったのか、サイズはぴったりだ。

「あ――」

ありがとう、嬉しいと返事をしたくて口を開く。けれど、やっぱり思うようにはいかない。じっと自分の薬指に目を落としたまま、伊月は何度も深呼吸をした。

葛西は、まるで心中を見透かしたみたいに伊月のことを理解している。リングのプレゼントなんてこれっぽっちも想像していなかったが、いまの伊月にとってこれ以上のものはなかった。

誰にも打ち明けられない関係だと覚悟をしていたが、鈴木の結婚は思いのほか伊月に影響を与え、寂しい気持ちを味わった。葛西との関係に迷いはなくとも、それに関してはべつの感情だった。

伊月の心情を察したからこそ、葛西は形で示してくれたのだろう。

鈴木に惚気てくれたこと。それから、リング。

「なんとか言ってくれないか」

葛西の愛に包まれているから、伊月は少しの罪悪感も持たずに傍にいられるのだ。

葛西だから伊月は笑って、幸せを感じられる。

「……俺」

やっと発した声は、ひどく掠《かす》れていた。それでもちゃんと返事をしたくて、伊月は葛西の名前を唇にのせた。

「葛西さ……ん。俺、すごく幸せ」

ケースに残ったもうひとつのリングを取った。伊月の手で葛西の薬指にリングをはめる。

招待客はいないが、ふたりきりの誓いだ。

「俺からも、お願い——ずっと、俺を好きと言って、一緒にいてください」

泣くつもりはなかったのに、じわりと滲んできた涙が睫毛を濡らす。それとともに葛西への想いが一緒にあふれてくる。

「よかった」

葛西がほほ笑んだ。少し照れくさそうな笑顔が眩《まぶ》しくて、伊月も口許を綻ばせる。

「心から愛してるよ」

好きなひとから告げられるこの世でもっとも幸せな言葉を嚙み締めながら、改めてふたりでいる意味を実感し、胸を熱く焦がしたのだ。

4

まるで空までふたりを祝福しているかのような快晴だ。

教会の鐘が鳴り響く中、たくさんのひとに揉《も》みくちゃにされている花婿《はなむこ》と花嫁は、光り輝いて見える。きっとふたりにとって忘れられない日になるだろう。

「綺麗な花嫁さんで、鈴木は幸せ者だ」

少し離れた場所からその様子を眺めながら伊月がそう言うと、隣で葛西が同意した。

「鈴木のあんな嬉しそうな顔、仕事がうまくいったときでも見たことないぞ」

ひょいと肩をすくめる葛西に、思わず吹き出す。

「しょうがないよ。なにしろ人生の一大イベントなんだし。健やかなるときも病めるときも死がふたりを分かつまで——って、あの誓いの言葉のとき、鈴木のほうが泣いちゃうんだもんなあ」

洟《はな》をすすり、必死で歯を食いしばっていた鈴木が、誓いの言葉を口にするときにはとうとう袖口で涙を拭った。

ぼろぼろ泣きだした鈴木の肩を笑顔の晴美が抱くシーンは、列席者を大いに楽しませてくれた。

「純情なのが奴のいいところだ」

葛西の意見には同感だ。鈴木のそういうところを晴美も好きになったのだろう。

「あーあ。羨ましいな。このあと十日間オーストラリアに新婚旅行だって」

「うちも行くか？　新婚旅行」

「あ、行きたい」

こういう会話ができるのも、結婚式ならではにちがいない。幸せなカップルの人生の門出は、見ているほうも幸せな気分にしてくれる。

「――と思ったけど、やっぱり無理。会社休めないから」

残念と続けると、葛西が横目を流してきた。

「ワーカホリックめ」

いま、仕事が面白くてたまらなくなってきた伊月にとっては褒め言葉だ。

「大事な時期なんだよ。初めての企画が通って、これからが勝負だし」

ラオス織物の企画は通り、チャンスを与えられた。チームが発足され、来月には伊月もラオスに足を運ぶ予定になっている。

「期待してるよ」

葛西が肩を叩いてきたので、伊月は大きく頷いた。

そのとき、わあと歓声が上がった。

伊月が新郎新婦へ目をやると、青い空にブーケが舞い上がった。花嫁の友人が両手でキャッチすると、周囲から拍手が起こった。

「でも、新婚旅行はともかくとして、そのうちどこかへ行きたいかも。二泊三日で熱海あたりはどうかな」

伊月の誘いに、同じく新郎新婦を眺めながら葛西が承知した。

「それで手を打とう。新婚旅行は改めて行けばいい。ヨーロッパでも一周するか」

「ヨーロッパか」

ローマで歴史に触れ、ニースはカジノとビーチ。マドリードでの闘牛観戦も外せない。葛西と行くヨーロッパ旅行は、これ以上ないほど楽しいだろう。

ふ、と伊月は頬を緩めた。

「そのときは、ついでにイギリスで式でも挙げちゃう?」

満更冗談でもない提案に、一瞬だけ目を見開いた葛西は満足げな表情で親指を立てた。

「最高だな」

青空を仰ぐ。伊月と葛西の未来は、この空のようにずっと続いていく。これから先も葛西の傍でいろんなことを学び、感じ、噛み締めるのだろう。

幸せを。

ひとを愛する喜びを。

ふたりでいれば、きっとどんなことも乗り越えられるはずだ。

そっと、指先を触れ合わせた。愛するひとの温《ぬく》もりほど愛しく、かけがえのないものはないと実感しながら。

それぞれの花～前島&金田

失敗したかもしれない。

陽の落ちた高速道路を走りながら、前島《まえじま》は後悔していた。

デートがしたいと駄々をこねられ、あまりのしつこさに根負けして渋々承知したのが――先月のことだ。おかげで夏休みに入ってすぐに、絵に描いたような恥ずかしいデートコースを回る羽目になった。

水族館経由で映画館。近場だと知り合いに遭遇する危惧もあるため遠出を余儀なくされたので、帰りが夜になってしまったのは当然の結果だ。

出口が見えてくる。ウインカーを出し、スピードを落とすと、これまで黙って助手席に座っていた金田《かねだ》がタイミングを計っていたかのごとく口を開いた。

「俺、疲れた――どこかで休んでいかない？」

「………」

金田の視線がどこへ向けられているか、前島にもわかっている。高速道路を下りると、右にも左にもホテルの看板が見えるのだ。

「休まない」

一言で突っぱねたが、金田は前島の腕に手をのせると、めげずに言葉を重ねて誘ってくる。

「でも、眠くなったし、ちょっとだけ寄ってこうよ」

煙草《たばこ》に手を伸ばすふりをして金田の手を外させた前島は、冗談じゃないと心中で吐き捨てた。疲れたというのも眠いというのも鵜呑《うの》みにはできない。休日に「デート」したという事実だけでもどうかしているると思っているのに、このうえホテルに立ち寄るなど――想像しただけで落ち込んでしまう。

「眠いなら寝てろ。家に着いたら起こしてやるから」

前島の言葉に、窓の外を向いていた金田が身体《からだ》ごと運転席へ向き直った。

「それじゃ意味ないじゃん。俺はただ、ふたりきりになりたいって思っただけ。誓ってなにもしないし」

不服そうに金田の頰《ほお》が膨らむ。拗《す》ねた表情になると小学生だった頃の顔が浮かんできて、ますます胸がちくりと痛む。

「おまえの誓いなんか泡みたいに軽いだろ」

怖いもの知らずの子どもが、なにを企んでいるかなど想像もできない。先月十八になったばかりの金田は急激に背丈が伸び、十センチほどの身長差になったとはいえ、やはり前島から見ればまだ子どもだ。

子どもだからなにも恐れず、押しの一手で来るのだろう。困ったことに金田に押されたときに躱《かわ》せる自信が、前島にもうないのだ。

「なに、それ。そういう言い方するんだ――せっかくふたりで出かけられたのに、本気でもう帰るつもりなんだ」

唇を尖《とが》らせた可愛《かわい》い抗議に、前島はあえてため息をこぼしてみせる。

「こっちの台詞《せりふ》だろ。水族館と映画館。おまえの決めたコースを回ったのに、まだ文句があるって？　言っとくが、当初の予定にホテルは入ってない。よってこのまま帰る」

反論があるなら言ってみろと言外に伝える。前島の心情を知ってか知らずか、金田は引き下がらなかった。

「なら、ホテルはあきらめる。その代わり、前島の部屋に泊めてよ」

ホテルも部屋も同じだ。ようするに、ふたりきりになるという状況がまずいのだから。

「残念だが、それも予定には入っていない」

にべもなく一蹴すると、金田の頬がいっそう膨らむ。最悪と小さく呟《つぶや》いたかと思えば、シートに足を上げて膝《ひざ》を抱え、ぷいとそっぽを向く。その姿を横目に、だからおまえはガキなんだと前島は心中で舌打ちをした。

手を出しておいていまさら言い逃れをする気はないし、知らん顔をするつもりもない。が、金田が時折見せる幼い表情や仕種《しぐさ》を前にして、早まったかと己の軽率さを恨みたくなるのも本当だった。

「なんだよ。俺らってなに？　つき合ってるんじゃねえの？　前島は――」

俺のこと好きじゃないのかよ、と小さな声で責められて、喉《のど》の奥で呻《うめ》く。おそらく金田には、前島の葛藤《かっとう》など微塵《みじん》も理解できないだろう。

「俺はただ、ちょっとでも長く一緒にいたいだけなのに」

膝に額を埋《うず》める姿に、勘弁してくれと頭を抱えたくなる。前島には、金田があの手この手でそそのかしているようにしか思えない。実際はちがっても、前島がそそのかされてしまいそうになるのだ。

前島にしても金田は可愛い。一方で、こんなおじさんのどこがそんなにいいのかと、不思議にもなってくる。

「俺ばっか好……きみたいで、へこむじゃん」

小さな声でこぼされた愚痴には、対処のしようがなかった。半ば自棄《やけ》だと承知で、路肩に車を寄せてエンジンを切った。窓の外はすっかり夜の様相で、街灯の届かない場所なら顔を近づけなければ目も鼻もわからないような暗い車内で、金田と向き合う。

「前島――」

自分を呼んでくる金田の声は上擦《うわず》っている。戸惑いの滲《にじ》んだ呼び方に反して、前島の上に跨《また》がらんばかりの勢いで身体を寄せてくる金田を制し、最初に釘《くぎ》を差した。

「期待するなよ。でこちゅーだ」

もとよりこれは、自分を律するためでもある。誰に覗《のぞ》かれるとも知れない車の中でキスをしていいかどうかなど、思案の余地もなかった。

「えー、どうせちゅーするなら、昼がいいのに」

金田の文句は予想の範疇《はんちゅう》だ。断固として拒絶しなければならない。

「ていうか、前はしたのに今日はなんで駄目なんだよ」

さらりと痛いところを突かれ、これだからガキは、と前島はとうとう頭を両手で抱えた。確かに金田の言うとおりだが、愚行は一度きりで十分だ。

「あのときは――どうかしていた。頭がどうかしていたとしか思えん」

眉《まゆ》をひそめて自省の台詞を口にすると、金田は大胆な答えを返す。

「だったら、まだどうかすればいいじゃん」

「…………」

これには返答すらできない。ここであれこれ言い合っても、前島に勝ち目があるとは到底思えなかった。

頭から離した手をハンドルへ戻す。

「でこちゅーが不服だっていうならいい」

一言言い放ってキーに手をやると、慌てて金田が止めてくる。

「わかったよ。わかりました。でこちゅーでいいから、して」

渋々であっても承諾した金田に、初めからそう言えよと思いつつ、前島はふたたび金田に顔を向ける。目を閉じた金田の、少年らしさの残る額に一瞬だけ唇をくっつけると、すぐさまエンジンをかけた。

「え、もう終わり？」

「ああ、終わりだ」

終わりにしないと、前島自身がまずい。目を閉じて「でこちゅー」を待つ金田がいじらしくて可愛いため、衝動に任せて抱きしめたくなったのだ。

前島のキスした額を触る様子を見れば、なおさらだった。

「ねえ、前島」

金田が前を向いたまま、ふと切りだしてくる。

「なんだ」

照れくささからぶっきらぼうな口調で問い返した前島だったが、直後、聞かなければよかったと後悔した。

「俺たち、なんでセ、エッチしないの？」

「……っ」

不意を突かれ、驚きのあまり喉が鳴る。金田にしても言葉にしづらかったのだろう、セックスという単語が言えず軽い言い方に替えた事実に金田の心情が表れている。ようするに、言葉にしづらいことをあえて口にしなければならないほど思いつめているということだ。

「……したたろ」

前島まで言い淀んでしまい、思わず顔をしかめる。大人である自分が余裕で受け流せなくてどうすると、自責の念に駆られながら。

実際のところ、金田がなにを言いたいのか厭《いや》になるほどわかっている。確かに一度、そのつもりで自宅に連れ帰ったことがあった。保護者からの電話という邪魔が入ったため結果的に未遂に終わったが、いまではよかったと思っている。以降、前島が考えまいとしてきたというのに、それを金田は突きつけようとしているのだ。

「結局ちゃんと、してないじゃん。いつも触り合うだけで。ケツに挿《い》――」

「黙れ」

聞いていられなくて咄嗟《とっさ》にさえぎったものの、深刻になるほどのことではない。肩をすくめてアクセルを踏んだ。

「勉強したんだったか？　いったいなに見たのか知らないが、どうせくだらねえ本とかネットとかじゃないのか？　ああいうのは扇情的《せんじょうてき》に書いてあるもんだ。考え方もやり方も好きだし、個人の自由だろう」

くすりと笑ってやると、膝の上でこぶしを握った金田の身体がぎゅっと硬くなる。どうやら納得できないらしい。

だが、このまま送っていって何日かたてば、機嫌を直して電話してくるだろう。そう思いつつ金田のうちを目指す。

金田は黙っている。顔を窓の外へ向けているため、どんな表情をしているのか前島には見えない。普段元気な金田がおとなしいと調子が狂う。確かに黙れと言ったのは自分だが――前島にしてもせっかくふたりで出かけた日にぎくしゃくとしたまま帰したくはなかった。

「そういやおまえ、セイウチと熱烈キッスしたなあ」

思い出して、ぷっと吹き出す。金田はよほどめずらしかったのか、セイウチの水槽を間近で覗き込んだ。そこへ、セイウチが顔から突っ込んできたため、驚いた金田が仰《の》け反《ぞ》り、尻餅をついたのだ。

ガラス越しのキスとからかうと、ばつが悪かったのだろう、周囲の目を気にしてその場を足早に離れていったのだ。

「しょうがねえじゃん。水族館自体、初めてだもんよ」

他意を感じさせない愚痴には、そうかと一言返した。

金田が小学生のとき、母親が再婚した。義父との関係はそれなりに良好だと聞いているが、言葉の端々に義父や生まれてきた弟に対する遠慮が窺《うかが》えた。金田は、けっして鈍感な人間ではない。他人の顔色を窺うことに関しては、むしろ聡すぎるくらいだった。

「前島」

窓の外へ目をやったまま、金田が口を開く。

「前島って――いままで誰ともつき合ったことないの？」

「…………」

どんな意図があっての質問なのか図りかね、前島は首を傾げる。このタイミングでは、過去の恋人への嫉妬からというわけではないはずだ。

「いや」

三十半ばにもなってあり得ないという意味で否定する。

「だよな」

金田の返答はやけに意味深長に聞こえた。

「なんだよ」

気になってこちらから問い返すと、金田の視線がまっすぐ前へと向く。てっきり不貞腐《ふてくさ》れているのかと思えば、意外なほど真摯な横顔だった。

「いままでつき合った相手って女だよな。彼女たちとやっても挿れなかった？　一度も挿れたことない？」

「…………」

なにを言わんとしているのか、ここまできてようやく悟る。自分の鈍さが腹立たしくもなった。

「俺相手だと、そこまでする必要ないって言うのは、結局、前島がその気になれないってことだと思う」

「金田、俺は――」

反射的に言い訳しようとしたが、今日の金田は前島に言い訳させてくれなかった。

「俺が男だから、前島がそこまでの気持ちを持てないっていうのは、しょうがない」

子どもだから自身の欲望に素直なのだと決めつけていた。やりたい盛りだから、と。

だが、前島の勘違いだった。金田のほうが、よほどふたりのことを考えている。いかに自分がその場しのぎでごまかしてきたか、痛感させられた。

金田への気遣いだと大人ぶってきた前島だったが、ようするに一歩踏み出すのが怖かっただけだ。それを、金田はちゃんとわかっていて、今日まで見逃してくれたのだろう。

前島は唇を引き結ぶと、車線変更した。交差点を直進するつもりで走っていたが、予定変更して右折する。

「おまえの言うとおり、俺は男と抜き差しならない関係になるのは初めてなんだ。しかも、教え子だなんて、自分でも頭がどうかしてるんじゃねえかと思ってるよ」

「それは、俺が迫ったから」

即座に金田は、前島に都合のいい言葉を口にする。昔からそうだ。

「馬鹿だな、おまえ」

ハンドルから離した左手で、金田の髪を掻き混ぜた。思わず苦笑したのは、いったい何度こうして金田の髪に触れてきただろうかと考えたからだ。

いじらしいとか、可愛いとか、その都度理由はあった。いま金田の髪に触れたのは、それらすべてが合わさった、愛《いと》おしいという感情が込み上げてきたせいだった。

「俺は、やっぱりおじさんは厭だっておまえが去っていったとき、少しでも傷が浅くてすむように無意識のうちに予防線を張っていたんだな」

金田のため、なんて言い逃れにもほどがある。前島が一線引いて接していたのは、心のどこかで恐れていたせいだろう。離れていく金田をちゃんと見送ってやれる自分でいたい、と常に自分に言い聞かせていた。

だが、すでに手遅れだ。

「……前島」

金田の顔がこちらへ向いた。

「なに言ってるんだよ。去るなら、前島のほうだろ。俺が厭になるなんて――あり得ない」

迷いなどわずかも感じさせない言葉は、前島の胸の奥まで届く。身体の芯《しん》を熱くさせ、馬鹿みたいな意地も理性も溶かしてしまう。

これほど情熱的に想いを告げてくれる相手が他にいるだろうか。

左頬に熱い視線を感じて、もはやごまかそうなんて気持ちは微塵もなかった。

「俺もだ」

真面目に伝えたつもりだったのに、金田は怪訝《けげん》な顔をする。これまでの自分の言動を思い出せば、金田が疑いを持つのは当然だった。

ちょうどマンションに着く。駐車場に車を入れ、エンジンを切ってから前島は身体ごと助手席に向き直った。

「照れくさくてはっきり言わなかった俺が悪かったんだな。過去の相手と比べる必要なんかない。いまの俺は、ちゃんとおまえのことを特別に想ってる。自分でも引くくらい、おまえが可愛くてしょうがないんだ」

金田は一瞬、なにを言われているのかわからないとでもいうような、きょとんとした表情になった。その顔が金田らしくて、前島はまた吹き出してしまう。

「なんで笑うんだよ。やっぱり、俺のことからかってる？」

「ちがう、ちがう」

ふいと背《そむ》けられそうになった顔を、両手で包んで留めた。身を乗り出し、間近で見つめ合うと、愛しい鼻先へと唇を押し当てる。

「今度こそ全部しようって誘ってるんだ」

舌先で上唇をすくい上げると、レストランで食後に食べたアイスのせいだろう、甘い味がする。金田らしいと思いつつ、上目で返事を促せば、返ってきたのは期待どおりの返答だった。

「する」

金田は、そのままキスをしかけてくる。こんなところで中途半端に進むわけにはいかないので、無理やり身体を押しやった。

「部屋に戻ってからな」

不満そうな顔をするところを見ると、キスくらいと考えているらしい。が、どんなに請われても、こんな状況でキスなんてしてしまったら止める自信が前島にはなかった。

車を降りると、エレベーターで上階を目指す。エレベーターを降りてから部屋の前まで歩く間、前島はあえて黙っていたし、どうやら金田は緊張しているようだった。

開錠し、ドアを開けた。

先に金田を促し、あとから前島が中へ入った。

「金田」

後ろ手に鍵をかけ、靴を脱いでリビングへ向かおうとした金田を引き留める。腕を摑《つか》んで振り向かせると、嚙《か》みつくようにキスをした。

これまで自制していたぶん、いったんタガが外れると修正はきかない。金田の戸惑う唇を舌で割り、口中を隅々まで探る。

「……んっ」

金田が身体を小さく震えさせた場所を執拗《しつよう》に舐《な》め上げているうちに、前島自身堪《たま》らなく昂揚してきて、衝動に任せてシャツの上から身体をまさぐった。敏感な肌は、前島の手に反応してびくびくと跳ね、それにも煽《あお》られ、寝室に連れ込む傍《かたわ》ら性急に衣服を脱がせていく。ベッドに押し倒したときには、金田は全裸でなにも身に着けていない状態だった。いかに自分に余裕がないか、この事実だけでも十分知れる。

「あ……前、島っ」

背中にしなやかな両腕を回され、わずかに残っていた分別が消える。どちらのものかわからなくなった荒い呼吸の中で貪《むさぼ》るようにキスをくり返し、若い身体を開いていった。

形ばかり性器を慰め、その奥へ指を忍ばせる。金田の先走りと唾液で濡らしたとはいえ、なにかないかと頭の隅で考えていたのだが。

「待っ……」

金田が肩を押してきた。いまさら怖気《おじけ》づいたのかと思えば、そうではなかった。金田らしい言葉が返ってくる。

「俺、潤滑剤とか、コンドームとか、ネットで買って持ってきた――でも、バッグ、車に忘れて、きた」

愉悦に潤んだ瞳と、悔しそうな唇のアンバランスな様を目にして、前島は大きく息をつく。落ち着こうという努力だったが、直後、それも無駄になった。

「今日、できない？」

金田が不安そうに聞いてきたのだ。不安がらせているのは自分だ。惚れた相手にこんな顔をさせるなんて最低だろう。なにより、ネットで購入させるなんて腑甲斐ないことこのうえない。

「コンドームはあるし、潤滑剤ならハンドクリームを代用できる。おまえが持ってきたヤツは次回使えばいい」

金田が、嬉しそうに口許《くちもと》を綻《ほころ》ばせる。その笑顔に我慢がきかなくなったのは、前島だった。

金田を俯《うつぶ》せにすると、サイドボードの上にあったハンドクリームを大量に手にとり狭間《はざま》に塗りつけた。気持ち悪いはずなのに、少しでも抵抗するとやめてしまうとでも思っているのか、金田は懸命に歯を食い縛っている。

「……んっ」

時間をかけて、これ以上ないほど優しくしてやりたかったが、それも次に回すことにした。まさか自分がこれほど切羽詰まっていたとは――いまになって実感する。ハンドクリームで滑りをよくして、道を作ったらすぐに埋めてしまいたいと、身体の奥底から欲望が込み上げてきた。

「手を貸してくれ」

自身のズボンの前をくつろげ、そこに金田の右手を導く。

「あ、すご……」

自身にもハンドクリームをつけ、金田の手で先端から根元まで塗り広げさせる。

「確かに——すごいな」

金田が驚くのも無理はない。前島のものは挿入する前からいまにも達しそうなほどに張り詰め、蜜をこぼしているのだ。

「挿れていいか」

一応聞いたものの、金田の返事を待たなかった。背中から抱き締め、片脚を抱え上げて大きく開かせると入り口に先端をあてがい——もぐり込ませていった。

「うぅ……あ、あ」

歯を食い縛っていた金田の口が開く。それほどの衝撃なのだろう。

「金田——」

入り口の締めつけと、しっとりと纏《まと》わりついてくるような内部の心地よさに、震える金田の腹に腕を回して引き寄せる。半ば強引にもぐり込ませてしまうと、若草に滴《したた》る雫のように瑞々《みずみず》しい汗の浮いたうなじに口づけた。

「悪い。痛いよな。もしかしたらちょっと切れたかもしれないが……許してくれ。あとでなんでも言うこと聞くから」

本気で悪いと思い謝った。だが、金田は一枚上手だった。前島に背中を摺《す》り寄せ、涙の滲んだ目を肩越しに投げかけてきた。

「なんでも？」

「ああ、なんでもだ」

「じゃあ、終わったらすぐ二回目がしたい」

いったいなんと答えればいいのか。なにを言おうと、金田にはかなわない。腕の中の身体をさらにきつく抱き締めた前島は、金田の首すじに顔を埋めた。

「いま、俺の顔を見るんじゃない」

おそらくだらしのない顔をしているはずだ。脂下《やにさ》がって、締まりのない恥ずかしい顔が容易に想像できる。

それでも、ひとつだけ断言できる。

みっともない顔であっても、金田はきっといいと言うだろう——などと思う自分に呆れつつ、前島は開き直った。

「こうなったら、おまえが厭っていうまでやりまくってやる」

半ば自棄だったのに、蕩《とろ》けるような笑みが返ってきた。お世辞にも色気のある表情ではなかったのに、前島の中心には効果絶大だった。

夢中、という言葉の意味を前島は身を以《もっ》て知ることになったのだ。

あとがき

こんにちは。花シリーズの三巻目にして最終巻をお届けします。今回、本編をチェックしていて、いろいろなことを思い出しました。

三巻目のもともとのきっかけは、当時版元さんが刊行しておられたリーフファンクラブの冊子です。

担当さんがその冊子に毎号なんらかで参加してと誘ってくださり、たまにはＳＳでも書くかということで「もうひとつの花」という掌編を掲載していただきました。

本来、その先を書くつもりはなかったんですけど、意外にリクエストを頂戴したようで、さらに前島と金田の掌編を書かせてもらったというわけです。

で、ある日のこと。「ノベルスにしましょう」ということになり、リーフのサイトで特集を組んでアンケートを募っていただき――三年ぶりに三巻目の発刊となった次第です。アンケートに答えてくださった皆様、その節はありがとうございました。編集部がびっくりするほどの回答数だったとお聞きしました。

毎号参加と声をかけてくださったリーフィの担当さんと、ノベルスにしようと決められた編集部の皆様、なによりリクエストしてくださった読者様のおかげで前島と金田はカップルになれたようなものです。ありがとうございます。

それから、素晴らしいイラストを描いてくださった紺野先生にも、心から感謝します。六人、それぞれすごく素敵で当時の私は舞い上がったのですが、いま改めて拝見してもやっぱり舞い上がってしまいました。

巻末の六人勢ぞろいの贅沢イラストには、このシリーズ書いてよかったと心底思いました。紺野先生、ありがとうございました！

今回、花シリーズの文庫化という機会をくださったルチル編集部と担当さんもありがとうございます。幸せです。

そういうわけで、普段とはちょっとちがう経緯を辿った三巻目ですが、ノベルス版をご存じない方はもちろん、ご存じの方もお手にとっていただけるととても嬉しいです。

長期でお休みしたせいか、今年はなにやらなかなかペースが摑めず苦労しています。まずは自分で愉しみつつ、読者様に少しでも愉しんでいただけるものが書けるよう精進したいと思います。

次回ルチル文庫は久々の新作ですよ。

では、これにて。

高岡ミズミ

シリーズ第3巻
発刊おめでとう
ございます。
コメントページをいただき
ありがとうございます。
なんだか恐縮です…。
見開きでページを
いただけましたので、
主要キャラ6人を
背の順で並べて
みました。
(高岡先生監修)
キャラクター達が
いつまでも幸せで
ありますように。
紺野けい子

✦初出　もうひとつの花、あなたの花になりたい、
春は温泉……………………………リーフFC会報「Leafy」を加筆修正
夜ごと愛は降る…………………同人誌発表作を加筆修正
永遠の花……………………………リーフノベルズ「あなたの花になりたい」
（2006年10月）を加筆修正
それぞれの花〜前島＆金田……書き下ろし

高岡ミズミ先生、紺野けい子先生へのお便り、本作品に関するご意見、ご感想などは
〒151-0051 東京都渋谷区千駄ヶ谷 4-9-7
幻冬舎コミックス　ルチル文庫「あなたの花になりたい」係まで。

幻冬舎ルチル文庫

あなたの花になりたい

2012年9月20日　　第1刷発行

✦著者　高岡ミズミ　たかおか みずみ

✦発行人　伊藤嘉彦

✦発行元　株式会社 幻冬舎コミックス
〒151-0051 東京都渋谷区千駄ヶ谷 4-9-7
電話 03(5411)6432[編集]

✦発売元　株式会社 幻冬舎
〒151-0051 東京都渋谷区千駄ヶ谷 4-9-7
電話 03(5411)6222[営業]
振替 00120-8-767643

✦印刷・製本所　中央精版印刷株式会社

✦検印廃止

ISBN978-4-344-82617-5　C0193　Printed in Japan